山河遗墨
SHANHE YIMO

高鹏程 ◎ 著

陕西新华出版
太白文艺出版社·西安

图书在版编目(CIP)数据

山河遗墨 / 高鹏程著. — 西安：太白文艺出版社，2023.9
 ISBN 978-7-5513-2417-5

Ⅰ.①山… Ⅱ.①高… Ⅲ.①诗集－中国－当代②散文集－中国－当代 Ⅳ.①I217.2

中国国家版本馆CIP数据核字(2023)第155854号

山河遗墨
SHANHE YIMO

作　　者	高鹏程
责任编辑	蔡晶晶　赵甲思
封面设计	王　洋
版式设计	建明文化
出版发行	太白文艺出版社
经　　销	新华书店
印　　刷	西安金鼎包装设计制作印务有限公司
开　　本	880mm×1230mm　1/32
字　　数	163千字
印　　张	7.5
版　　次	2023年9月第1版
印　　次	2023年9月第1次印刷
书　　号	ISBN 978-7-5513-2417-5
定　　价	50.00元

版权所有 翻印必究
如有印装质量问题，可寄出版社印制部调换
联系电话：029-81206800
出版社地址：西安市曲江新区登高路1388号（邮编：710061）
营销中心电话：029-87277748　029-87217872

高鹏程

1974年生,中国作家协会会员,文学创作一级。在《诗刊》《人民文学》《中国作家》《十月》《钟山》《花城》《新华文摘》等刊物发表300余万字的文学作品。曾获浙江省青年文学之星优秀作品奖、浙江省优秀文学作品奖、人民文学新人奖、国际华文诗歌奖、李杜诗歌奖、徐志摩诗歌奖、《诗刊》社"百年路 新征程"诗歌工程创作奖、储吉旺文学奖大奖等多种奖项。《诗刊》社第22届青春诗会成员,曾就读于鲁迅文学院第21届高研班。著有诗集9部、随笔集2部。

序

凝视：时间之美

我曾长久地凝视一轮满月，
"华枝春满，天心月圆"，生命
在那一刻进入了华美与盛大。
我倾慕它上面静穆、温润的辉光，
以至忽略了它的背面，零下183摄氏度的极度深寒。

我曾无数次站在深秋的旷野，凝视湛蓝的天宇，
天宇下，谷穗展现饱满的沉静之美，
以至忽略了即将到来的霜雪，忽略了
收割后大地的荒凉。

荞麦青青啊，彼黍离离。
我想象它们盛年时的样子，以至忽略了
它们掩盖下的遗址废墟，沦为夯土的故国辉煌。

我曾目睹其中出土的色彩斑驳的陶罐、布满
铜锈的钟鼎、敛去锋芒的古剑。玉器上的沁色
因为沾染了时间的痕迹,变得古雅庄重。

我曾默默摩挲一张花梨木书桌上的包浆、褪去
烟火气的紫砂壶。时间的砂纸——
一双浸满汗水的匠人之手反复打磨着它们。
那些古旧的瓷器因为破损而拥有了残缺之美。

我也曾目睹一条大河的流逝,目睹入海口落日的浑圆与无言,
仿佛暮年的佛陀,在涅槃之际
获得了庄严的法相。
我曾如此长久地凝视,
以至忽略了它壮年的暴虐和恣肆,
它最初的孱弱与纤细。

我曾在尘土飞扬的大路边注视,那些来来往往的车辆、
人群,那一张张为生活而奔波的陌生人的脸。
我注目于他们脸上闪耀的希望,背过身后
流露出的不甘的神情,
以至忽略了他们作为穷人,所遭受的苦厄、困顿。

故国。故乡。故园。当我最终返回,
在你的一口古井边,长久地凝视。
我窥见古井中的自己,一张风尘仆仆的

暮年男子的脸，
重叠着幼年的稚气，重叠着父亲、祖父……无数祖先的脸庞。

"……谢天谢地，青春终于老去。"①
而夕光将为低头祈祷的人披上霞帔，
为敲钟人镀金、加冕。

时间是最好的化妆师，
岁月浸染的霜华，让万物重回简朴与素净之美，
并且再次进入至真、至纯的轮回。

---

① 引用诗人荣荣的诗句。

诗外音：天地为逆旅，我亦是过客

一

若干年前参加青春诗会，老师们要求每位学员用一句话介绍自己的诗观。作为一个初学者，我根本没有什么成熟的诗观，只好简单回顾了一下自己写诗的理由，权且交差。记得当时写了一句简单的话：诗歌是我审视自己和生活的一种方式。时至今日，对于诗歌，我仍然没有什么异于常人的见解，断断续续写了这些年，我依然简单地认为：写作，无非是借用文字的力量来处理自己与社会、与自然、与他人以及与自身的关系而已。

人到中年，身心俱疲。生活被各种冗繁的人事拖累，有时候简直是疲于应付。这时候就需要寻找化解块垒的途径和方式。寻找机会，把自己暂时从各种应付中解脱出来，置身于大自然，在与自然、与万物生灵的相互凝视和对话中，体验时间的流逝与永恒，对我来说这是一种有效的化解疲倦的方式。所以，这些年，只要一有机会，我总是外出行走。

这些年，在有限但持续的行走中，我陆续到过很多地方，体验过不同地域的山川、风土人情之美，感受过南与北、沙与海、干旱与潮湿、粗犷与细腻的不同形式的照拂。那些或熟悉或陌生的风景里，总有深深触动我的地方，让我忍不住拿起笔，简单记录下一些感受。

就这样，一路坚持下来，居然也有了些许收获，陆续出版了几部诗集。在整理这些诗时，我发现，我去过并为之写下最多文字的，并非一些风景优美的名山大川，而是一些历史文化遗址或遗迹。我没有为山水重新命名的兴趣和能力，我所抵达之处，始终是一些隐藏在历史褶皱中的隐秘角落，不为多数人所关注。

我曾多次利用还乡探亲的机会，去寻访故乡周边遗落在丝绸之路古道上的一些不为人知的古代关隘、荒城遗址，并为之写下一部名叫《萧关古道：边地与还乡》的诗集。我也曾在我借居的浙东沿海一带，走遍山陬海隅许许多多的荒废村落，寻访浙东唐诗之路东支线上的众多遗址，并为之写下大量诗文，结集而成的诗集有《江南：时光考古学》《细雨海岸》《海边书》等。

在漫长的行走和写作过程中，我也逐渐发现，有一个普通而神秘的词，始终在左右我行走的方向和写作的重心。这个词就是——时间。我之所以无数次走进很多荒废的遗址、前人途经的遗迹，是因为在那里我看到了时间不同阶段的斑斓面孔以及这些面孔掩藏下的真相。

我曾以"博物馆"为主题写下大量诗歌作品，也以同名的随笔表达过我对时间的敬畏。在凝视博物馆里那些或古拙或精美的藏品时，我强烈地感受到流逝和永恒带给我的冲击。"博物馆隐藏在城市边缘，我们庞大的生活和城市，最终只占它微小的角落。"

我简单地认为，向着时间的写作，也许能够自然地帮助我过滤写作的无效性，我写下的简单的文字，也许能借助时间的力量获得相对长久的存在。

二

对于时间的认知，除了这些年自己潜意识里的自觉成分之外，还得益于另外的一些机缘巧合。前些年，我曾有幸进入鲁迅文学院以及其他几所高校，获得一些安静读书的机会。在李敬泽、施战军、吴国华等众多老师的课堂上获益良多。特别是李敬泽老师提到的法国历史学家布罗代尔的历史三段论，带给我诸多启示。

布罗代尔将历史时间分为长时段、中时段和短时段，即地理时间、社会时间和个体时间。三种时间及其所对应的历史事物在历史进程中发挥着不同的作用。其中，对历史起长期决定性作用的是自然、经济和社会结构；社会时间对历史有着直接的作用，但它们是人力无法控制的；而事件只不过是一些浪花或尘埃而已，对历史进程不起重要作用。

布罗代尔虽然认为短时段的事件对历史发展的走向影响甚微，但是也并没有完全否认它们的作用。一个不容忽视的事实是，无论是中时段还是长时段，它们都是由短时段组成的。而在短时段里，一些具有隐秘和深远意味的细节，无疑是其最重要的元素。就像苏德战争中，黑暗里那个士兵手中烟头的明灭，暴露了目标，导致其被杀，从而改变了战争的走向。从一定意义上说，改变一个事件的发展走向，也会影响整个历史的发展进程。

毋庸讳言，布罗代尔有关时间的三段论，切实影响到了我对诗歌文体的认知和写作向度。诗歌作为一种文体，若论其厚重和篇幅承载能力，显然不如其他文体，更无法像长篇小说一样承载完整的长时段题材的信息量。但它的优势在于,能够直接介入蕴藏在历史长河和生活现场的那些富有意味的细节。诗歌的任务也许就是寻找这些细节并且辨别出它们之间的某些隐秘、必然的关联;不断寻找、辨析遗留在历史空间和生活现场的细节并予以有效呈现,继而确立自己的价值和意义,也许这就是诗歌独特的魅力所在。

细心的读者会发现,我在诗歌中凝视或关注过的事物尽管大多置身荒野,但并非纯粹的自然环境,大都是一些遗址或者废墟,属于逝去的人事和被遗弃的生活。说到底,在文学作品要处理的四种关系中,人始终是居于中心的,倘使我们生活的星球没有了人,那它和茫茫宇宙中的其他天体又有什么区别呢?

我关注它们,恰恰是因为这些逝去的事物大都属于过去,因为荒废而更接近自然,这些被遗弃的生活也因为属于过去而与当下的生活保持了一定的距离。这就给了我一个足够客观的观察点和一个足够客观的参照系,去对照、辨别当下的人事和当下的生活,从而去探究我们的生活里哪些事是无意义的,哪些具有时间也无法褫夺的价值和意义。

此外,作为小人物,因为生活地域偏僻和视野狭窄,我们不可能介入时代舞台的中心,很多左右我们这个时代发展的重大事件及其内在动因,我们都无从得知。但是,就像我们审视历史,我相信在一段足够远的时间之后,后来的人能比我们更清晰地认知当下发生的事件。

曾居住在新疆最西端一个名叫黄沙梁的偏僻村落里的作家刘亮程,在他的文章中讲到一个小笑话,说村子里某人有一次去北京旅游，回到村里后大家问他有什么感受，他说北京什么都好，就是太偏远了。这个笑话也带给我启示：一个人生活在哪里，哪里就是大地的中心。世界，是从他生活的脚下向外延伸的。

对于我们而言，能做到的，就是认真地活在当下，过好自己的生活，并且尽可能地通过大量阅读和行走，将自己置身于另外的坐标，去审视自己生活的时代。生活在现实维度中，并不影响我们用过去的眼光来审视未来的生活，也并不影响我们用未来的目光来审视当下的自己。

时至今日，我的行走仍在继续，我的简单、笨拙的写作仍在继续。将来，如果有机会能从中挑出一些满意的作品，我想我会将之命名为"大地之心"——尽管我行走的地域，大都处于偏僻的乡野角落，远离人群，远离城市与喧嚣，但只要它是人曾经存在、思考过的地方，那就是生活的中心，那里也是大地之心。

目　录

1. 静默的春天

001　其一　春风帖
002　其二　立交春
003　其三　不为人知
004　其四　清明：寂静之诗
005　诗外音：如果你不曾经历春天

2. 早春信札

010　早春信札
011　诗外音：被隔离的春天
014　鸟鸣与悲伤
015　诗外音：维以不永伤
017　物候
018　诗外音：黑眼珠般的鸟巢

3. 冷西二题

021　冷西之夜

022　诗外音：有一种闪烁永远不会被黑夜吞没

024　粮仓酒吧

025　诗外音：时间酿造者

4. 湖山的记忆

027　广济桥

028　诗外音：山形依旧枕寒流

032　湖水的记忆

033　诗外音：唯有湖水不会忘却

035　瀑布与鹅

036　诗外音：有关《瀑布与鹅》的几句赘语

5. 时间寻访

038　戴表元：寻隐者，遇与不遇

040　诗外音：隐在青山故纸间

042　乙未冬访王钫及巴人故居

043　诗外音：与牌楼有关的事物

045　墙

046　诗外音：孤独的正反面

6. 村庄二题

049　石门访竹

050　诗外音：春天的秘密电厂

054　青云村

055　诗外音：脐带与阶梯

7. 乡愁的器皿

058　莼湖

059　诗外音：乡愁如鱼满莼湖

063　栖霞坑

064　诗外音：桃花坑里可栖霞

8. 赤堇山下访马头

068　其一　陪柯平游览鸡鹊古村

070　其二　马头村

071　诗外音：只有滩声似旧时

9. 废墟与暗礁

078　在废弃的采石场

080　诗外音：剩有寒螀泣残砾

084　覆船山

086　诗外音：时光中的暗礁

10. 栖心之寺

091　九峰禅寺观牡丹

093　诗外音：牡丹的肉体及精神

097　栖心之寺

099　诗外音：月西之下，可以栖心

11. 芦苇的诗意

105　芦荻之辨

106　诗外音：芦苇晚风鸣

110　芦苇与鱼

111　诗外音：孤独的真相

117　芦苇之诗

119　诗外音：芦苇的悖论

124　故乡苇塘

127　诗外音：只在芦花浅水边

12. 海边二题

132　傍晚，石浦港内的几种事物

133　诗外音：只有涛声似旧时

135　海边空屋

136　诗外音：在海边，每个人都曾是一幢空屋

13. 晦溪之烛

141　秋日过晦溪兼与朱子书

143　诗外音：晦迹溪山可无恨

14. 万古同斯

153　其一　丙申秋日，乌阳观山寻访万季野墓

156　其二　陪柯平再谒万季野先生墓

157　诗外音：秋草独寻人去后，寒林空见日斜时

15. 浮动的暗香

166　其一　与林逋书

168　其二　过孤山，再与林和靖书

169　诗外音：一千年了，暗香仍在浮动

16. 六诏遗墨

185　与王右军书

189 诗外音:一曲溪头内史家

200 晚香岭

202 诗外音:空山溪谷余晚香

208 六诏寻访大川普济想起一句佛偈

209 诗外音:溪声原是屠心刀

17. 最后的诗

216 暮色照临

217 诗外音:落日总是准时把钟声凝固在江面上

跋

219 诗、史及文学的真相

1. 静默的春天

其一　春风帖

一切看上去毫无动静。
一切都隐含着期待。
一枚鱼雷卡住大海的喉咙。
大地寂静,在更深的地层里运送黄金。

其二　立交春

书上说，除夕逢立春，是为立交春。
最旧的一天和最新的一天
在此处交会。
我不知道，究竟是什么，
让时光发生了一次奇妙的交会。
或者它们并无变化，
变化的，只是我们的心。
一念枯，一念荣。
如果不出意外，这也许是我能遇到的
最后一个立交春。
远山如幕。一切似乎已成定局，一切
又似乎在等待重新开启。
清晨的原野上，
最后一朵蜡梅还在凋谢，
黄馨的枝条已经爆出了新芽。
靠着一棵树打盹儿的人，身体还在落叶，
内心又开出了一树繁花。
只有那条不知来历的小溪，
既不陪我们荣，也不陪我们枯，
仿佛一位修行的僧人
带着远古气味，自顾自流淌。

其三　不为人知

枯叶缝隙里，紫花地丁开出了

细小的花瓣，

不为人知。

阿拉伯婆婆纳蓝着它的蓝，

不为人知。

蛇莓爆出了春天的第一粒红宝石，

不为人知。

木莲果内心从贮满鲜奶，

到最后变成了纤维，

不为人知。

经历了冬天，不知名的小浆果，

有的继续红着，有的发黑，

有的已经从枝头掉落到草丛里，

不为人知。

坡地上，

那些奢华的大理石墓碑的主人，

他们生前有过痛苦吗？

那些无名土堆里的长眠者，

他们生前有过幸福吗？

如今都已是时间里的秘密。

而我尚在人间，

我爱着你，我经历的秋凉与春寒，

不为人知。

其四　清明：寂静之诗

清理掉荒草，擦去石碑上的污渍，
移除被陈年雨水泡烂的花环，
然后摆上一些新鲜的水果和花篮。
做完这些，我们一时间变得手足无措。
时至今日，我们都已平静地接受了死亡。
隔着坟墓，我们谈论他们生前的琐事。
我们大声说话，努力弄出一些响动，
就好像他们生前一样。
山上还是太寂静了，
除了偶尔的几声炮仗，惊起几只山雀，
再无任何声响。
当时我以为那就是真正的寂静，
直到下山时，
我看到了另一种。
时至今日，
我还在承受它给我带来的冲击：
转角处，一株桃花寂静、愤怒地开着，
它的下面，是一座新坟，
墓碑上的照片，
是一位少女桃花般的脸庞。

诗外音：如果你不曾经历春天

一晃，我在南方已经生活了二十多年，居留的时间长度甚至超过了故乡，按理来说应该早已适应，但并没有，一遇到冬春交替时节的湿冷天气，我便格外怀念北方的故乡。这个季节的老家，当然也是天寒地冻，但好歹会有炉火暖气，还有浓浓的过年氛围，会抵消诸多不适。如果遇到晴天，整日里暖洋洋的，走在户外，也会让人误认作小阳春。

而江南这个时节，几无例外，阴雨绵绵，又湿又冷，甚至比冬天更难熬。记得应该是前年吧，足足有四个月几乎没有看见过太阳。气象部门说这种情况比较罕见，比较极端。好吧，且从其说。但是在我的印象中，持续一两个月的阴雨天，基本上已经是江南早春的常态了。当然，也不绝对，这中间太阳也还是会偶尔露一下它那张苍白老脸的。

熟悉江南早春气候特点的人应该知道，这个季节的室内要比户外更加难熬，所以每逢这样的间隙，我大都会选择出门漫游。这几年几乎走遍了我借居的两座江南小城周边的乡野。毫不夸张地说，我对早春时的江南乡村，有着近乎痴狂的迷恋。

一切源于早年课本里的有关江南之春的描绘：杏花、春雨、江南。简简单单的三个词，对于一个生活在干旱的中国西部的少年来说，几乎有着致命的诱惑。而这也成为我在求学生涯结束、面临人生抉择之际，义无反顾地踏上南方之旅的隐秘理由。

"客子光阴诗卷里，杏花消息雨声中。"二十多年漫长的借居生涯，让一个北方少年饱尝了南方冬春之交的阴冷，也遭遇了与想象有着巨大落差的人生际遇。人至中年，早年有关江南的诸多愿景，被一场又一场的苦雨浸泡、沤烂，而仅存的慰藉，就是江南早春山野间的那一缕若有若无的春天的气息。

我曾写下一首名叫《如果你不曾经历春天》的短诗，兹录如下：

如果你不曾在春天加入一支
送葬的队伍，
你不会知道，人世的更替多么冷酷。
如果你没有见过一位少女的遗体，
你不会知道，湖水多么寒凉。
在春天，如果你没有经历从落英缤纷到满树
繁华凋零，你不会知道，
美的消逝多么惊心动魄却又无声无息。
如果你不曾在春天的暗夜里赶路，你不会知道，
晚风多冷，星辰多凛冽。
在春天，如果你没有经历背井离乡、亲人的亡故，
你不会知道，故乡
是一个多么滚烫又多么冰凉的词。
如果你不曾经历衰老、轮回，
如果你不曾看见，
残雪尚未褪尽的山野爆出了第一个嫩芽，
你不会知道，大地
有多残忍又有

多慈悲——

又一年冰雪消融，又一年神布满泪水。

我一直觉得，相比于其他季节，早春是一个特殊的节点。其他季节之间的更替大致是顺延的，但冬春之间却具有转折性。寒与暖，冷与热，死与生，离去与归来，都在交替和转换。节气的律令无声无息，却又让人长久地敬畏，尤其是客居江南二十多年后，我从一个懵懂青年变成了渐知天命的中年人，其间经历了与多位亲人的生离死别，这个季节带给我的触动远远超过了其他任何季节。

江南的春天，其实从旧年的冬天就开始了。我记得去年冬至，下班回来后意外发现阳台上的一盆春兰居然爆出了一枚花苞，让我好一阵欣喜。当然我也不会愚蠢到以为春天就要到来，窗外，还是冬雨飘飞，雾锁长空，一片灰蒙。万物仍旧遵从古老的节令，它们比我更懂得季节的严酷，它们的前世、前世的前世，都经历过不期而至的霜冻、猝不及防的倒春寒。基因里的记忆密码教会了它们低眉敛目，隐忍以待。

但是，如果你认为早春时节的冷雨仍旧是旧年冬天的延续，那就大错特错了。事实上，春天早已经潜伏，在我们看不见的地方悄悄改变着世界。

开启江南早春的第一道光并非杏花，而是单瓣梅。早春季节，驱车在山野间行走，即便多数草木并未枯萎凋零，但看上去也是肃杀一片，了无生气。这时候，转过一处山脚，忽然看见向阳的坡地上零星点缀着一株或几株单瓣梅，绽放的白色小花仿佛是岑寂大地上突然点亮的灯盏，瞬间照拂了整个山坡。

　　我住在浙东的一座半岛小城里，五六年前，辗转来到海湾对面的另一座小城供职。这五六年间，骑车在沿海南线上，这种早开的单瓣梅，成为我最期待的风景。可惜，迄今为止，我尚未写下有关它的任何诗行，也许是在等待一个更好的时机吧。人总是这样，对于自己过于珍惜的事物，往往会踌躇不决。

　　等到地温回暖，当人们意识到春天真正到来之际，江南的春天，其实已经老了。梅花消隐，白玉兰无声凋谢，落下大瓣大瓣的白色花瓣。荠菜也已经抽穗起蕻，开出了细白的小花。当节气来到清明，春天已经到了最后的阶段。油菜花黄金般流淌，桃花灼灼，映红一溪碧水。这个时候带给人的，已经不再是期待，而是惶恐，一种对美的流逝无从把握、无从挽留的惶恐。

　　这些年，在漫游过程中，我目睹了众多村庄的衰败，有些正在以肉眼可见的速度消失。如果不是那些萌发的草木修补了破损的窗台，遮蔽了倒塌的墙垣，会有更多的破败出现在眼前。而我能做的，仅仅是用手中的笔，记录下它们彻底消失前最后的面容。

　　我还清楚地记得一次漫游时的所见。当我追着一只从未见过的蝴蝶来到一处无名的山坳，穿过一丛又一丛苍翠欲滴的草木之后，蝴蝶忽然消失不见了。我这才发现自己置身于一处墓地，周围种着大株的玉兰花。四野寂静，眼前仿佛王维笔下"涧户寂无人，纷纷开且落"的景象。那一瞬，时间静止、精神恍惚，我感觉自己站在了生死之间的空白地带。

等回过神来返回时,我忽然又看到了一树怒放的桃花,桃花下面,是一座新坟,坟前的墓碑上,是一位少女桃花般的脸庞……

时至今日,当我敲出这些文字时,手指仍止不住颤抖。我能感觉到一股电流从指尖穿过,径自抵达了江南春天疼痛、隐秘的内部。

2. 早春信札

早春信札

连日阴雨，小屋后山溪暴涨。
马头墙的墙皮脱落了，一匹隐藏在其中的马，
似乎要破墙而出。

道路泥泞，隔断了山外的讯息。
湿漉漉的木橼里长出了木耳。
杏树黑色的枝条变得肿胀。
四野寂静，隐约透出不安。

我在屋内给你写信。
写到连日阴雨，小屋后山溪暴涨，
手中的笔，整个冬天它像一截枯枝，
现在，因为雨水浸注而充满了绿色的血液。

诗外音：被隔离的春天

有一年冬末，我把自己"隔离"在一个小山村里。村庄很小，也很偏僻。除了我和当地所剩不多的几个年老村民，罕有外人光顾。

因为过于偏远，手机信号不好，打电话时常中断。上网更难，很卡，只能看着那个圈一直转。但这正合我意，出于某种不便说的原因，我想让自己安静下来，想想一些一直想不明白的事。

这是一次完全意义上的自我隔离。除了一日三餐和偶尔的读书散步，我什么也不做，整日静坐。我借居在一幢老房子里，这是一幢江南民居，白墙黑瓦，还有高高的马头墙。因为年代久远和雨水冲刷，墙皮脱落，墙体也鼓出一个大包，似乎里面有一匹马正在不安地跺着脚、喷着响鼻儿。

因为雨，我活动的区域并不大，主要是在村庄周边。多数时间我都待在屋子里。时值冬末，山野的风已经不是很冷，潮湿的空气中夹杂着丝丝暖意。但也仅限于白天。转过午后，天很快就黑下来，气温也迅速降下来。这时候我就关了门窗，守在炉火旁，望着火光发呆，偶尔写下几个可有可无的句子。

《早春札记》等一批诗大约就写于这个时期。那时我还在整理我的一部有关冬天的诗集，题目是我早早想好的——《冬天的秘密花纹》。写作这一批诗歌的时候，我整个人似乎都沉浸在冬天里，以至忘记了时间的流逝——"山中无甲子，寒尽不知年"，大约就是这样的一种状态吧。

雨脚稍歇时，我会去屋前山后稍远的地方散散步。暮冬时节，似乎一切还在沉睡中，但有些事物，已经在蛰伏中蠢蠢欲动。我的房子前有一条黄泥小路，通往村口的大路和更远的山野。拐角处，有一片稀疏的小树林。树木大都上了年纪，树叶尽脱，在雨水的浸泡下，原本发黑的枝条显得更黑。有些断口的地方，居然长出了木耳，湿漉漉的，一攒一攒地挂在那里，仿佛在聆听什么。

现在可以稍稍说两句《早春札记》这首诗，原本题目叫《山中札记》，后来觉得这个题目很多人用过，而且对我来说有些矫情，我还算不上居于山中，于是改为现在的题目。整首诗诗题指向并不明确，它并没有表明这封信札是寄自山中，还是来自山外；写信的人是谁，为什么要写信，信的内容是什么。一切看起来似乎都含糊其词。当然这也是我有意为之。

诗中也并不想交代什么。我只想营造一种适合写信或者适合读信的环境氛围。于是，你们看到，我写下了雨水、道路、杏树肿胀的枝条、聆听的木耳和一匹躁动不安的马。

最重要的，我写下了一支来自早春的笔——一根柳树干枯的枝条，因为春天和雨水的到来而注满了绿色的血液。我想它肯定来自我的身体，一个沉浸在冬天的人，因为感受到了某种遥远的春天的讯息而发生了变化，这是季节或者自然的来信与人的结合。我想一首诗到此，也就完成了。

顺便交代一句，促使我写下这首诗的直接原因，源自散步时看到的那几棵老树。有一棵枝条显得异常肿胀，我以为是梅树，用了植物识别软件，才知道是杏树。杏花，春雨，江南，这三个词带出了我记忆中贮藏的有关春天的古老诗意。

原来,春天就要来了。

鸟鸣与悲伤

连日的雨水终于有了停顿。地面上
那些到处蓄积的水很快就干了。
仿佛一个经受悲伤打击的人恢复了平静,
已经看不出任何痕迹。
这让我惊讶:
即使有更多的悲伤从天而降,大地
也有办法把它吸附干净。
早晨的林间,鸟雀欢鸣,
只有去年枯掉的松针上,还挂着一滴清亮的水滴。
那么多的雨,那么多的悲伤,
究竟去了哪里?
当我望向更高处,那星辰隐去的黎明的天空,
干干净净,同样看不出任何痕迹。
哦,这雨水洗过的人间,
飞鸟的舌尖上,含着一粒火种,
遍野的樱花即将被它点燃——

只有它们会记得那些隐秘的伤痕,
用白色的花瓣映照健康的脸庞,
也用落英抚慰死者的墓碑。

诗外音：维以不永伤

这是一首写于去年早春的诗。时隔一年，当我重新翻出它时，吃惊地发现，它仿佛就是为今天而写，每一个字都带着悲伤的水滴。正所谓"感时花溅泪，恨别鸟惊心"。

我想除了襁褓中的婴儿，每一个心智正常的国人都知道我们正在经历什么。是的，我们正在经历灾难和历史。网上流传着一段"史记体"文字，我不清楚最初的作者是谁，但经过众多网友的加工，我能看到的最好版本是下面这个：

己亥末，庚子春，荆楚大疫，染者数万。众惶恐，举国防，皆闭户。道无车舟，万巷空寂。然外狼窥伺，垂涎而候，华夏腹背芒刺。幸龙魂未殁，风雨而立。医无私、警无畏、民齐心，政者、医者、兵者扛鼎逆行勇战矣。商客、名家、百姓、邻邦献物捐资。叹！山川异域，风月同天。岂曰无衣，与子同裳！能者竭力，万民同心。月余，疫除，终胜。此后百年，雨顺风调，民安国泰！

我相信这场罕见的疫情，肯定会如文末所言："疫除，终胜。"但是，抗疫的艰难程度，远远超出了人们的预料。这场危害程度远超2003年"非典"的疫情，除了其本身所带来的生物意义上的疾病危害，还从各个层面检视、冲击着我们的社会。正如一位北大教授所言：还没等我们把病毒检测明白，病毒就先一步检测出了体制的优劣、干部的水平、商家的良知、专家的素养、医者的操守以及民众的认知。这话虽然说得尖锐，但确实也说出了部分事实。

　　灾难面前，我们早已启动举国抗疫模式，调集全国医护精英奔赴湖北武汉救治，各地也纷纷捐款捐物支援。在信息越来越发达的今天，面对浩如烟海的消息，很多时候让人难以分辨真假。怎么办呢？我还是同意一位作家的观点：实在无法分辨，那么希望我们回归到常识、常理，回归到最平常的人性。把自己还原成一个普通的中国人，保持沉默，为死者默哀、为国运祈祷。

　　疫情终将结束，我们的生活终将回到常态。也许过不了多久，多数人的生活会完全回到正常的轨道，和疫情之前几乎没有什么两样。但是，在疫情中煎熬过的人们，失去亲人的人们，他们心中的伤痕恐怕永远难以抹平了。当墓碑的长度超过了纪念碑的高度，我们不应该轻言胜利。

　　在上文引述的这段"史记体"文字里，作者在结尾说："此后百年，雨顺风调，民安国泰！"我想这是每一个国人的愿望。也许此后百年，我们还会遭受各种意想不到的劫难。但只要我们保留对于灾难的记忆，并从中汲取经验和教训，做到吃一堑长一智，我们就能最终做到防患于未然。

　　也许只有这样，曾经的灾难我们才不至于白白遭受。

　　维以不永伤！

物候

长久地盯着一处：一株梅树，一小片田地，一个小水潭。
你发现，第一粒梅骨朵的爆出，比旧年迟了三天。
而同一个小水潭，水位比去年同期升高了七毫米。
在同样大小的一块田地里，长出的草木比去年
少了五种。
同一棵树的枝丫上，一个鸟巢，去年还传出鸟叫，今年
像一幕哑剧。
连日来电影院内外，人们都在关心《流浪地球》，
但没有人注意这些，这些迟到的、消失的微小。
也许明年，这块地方，
梅花还会开，草也会长，潭水
还会漫过堤岸。但那个
废墟般的鸟巢会持续发黑，像一只眼珠，
它会看到，去年站在
树下不远处看它的人，
已经消失不见。

诗外音：黑眼珠般的鸟巢

这一期的诗旅我想接着上一期的话题继续谈一首诗。这也是我在去年冬天自我"隔离"期间写下的一首短诗。

蜗居在那个小山村，除了每天坚持读书，保持安静思考之外，偶尔我也会感到无聊。就像眼下很多隔离在家的朋友想出各种办法打发无聊——有人绕着客厅餐厅阳台卧室循环做半日游，有人用瓜子壳拼小动物玩，有人把家里的大米粒数了一遍又一遍——我选择的是去蜗居的山村周围散步。

山村不大，也无多少风景可言。有限的几棵树、一小块荒废的土地、一个小水潭，我就翻来覆去地看。如果稍加留心，还真能从熟视无睹的地方看出一些问题来。

这个小山村，之前我来过几次，诗中提到的几种有限的风物都是我熟悉的。在最无聊的时候，我曾经把门前的一小块荒地划出大约一平方米来，数里面包含了多少种植物。一数还真吓了一跳，区区一平方米，里面居然有四十多种我叫得出叫不出名字的植物。

但仅仅隔了一年，同样的一小块地里，植物的数量就比去年少了五种。当然这些都是一年生的草木，依靠种子繁衍，它们的后代在别处落地生根、开枝散叶，在原来的地方消失也应该很正常。

但毕竟，在有限的空间里，很多事物发生了变化。很多事物以我们看不见的方式、看不见的速度在变化、在消失、在增加。仿佛某种不知名的病毒和菌群，在我们不知道的角落秘密聚集，然后忽然出现在我们眼前。

我记得门前的一棵苦楝树上，有一个鸟巢。去年我似乎还听到过里面传出的聒噪，但现在，整个冬天过去，里面已经没有任何响动。它已经成了一个大自然中的哑剧剧场、一个时间里的遗址。

我写下上面这些，是以我观物，看到的是我眼中的大自然的细微变化。但我知道，这样的观察是有很大局限性的。事实上，大自然中有更多的事物，无时无刻不在变化。有些是以我们能感知的方式，更多的，我们则对它们一无所知。它们也许毫无规律可言，也许遵循着某种神秘的规律，而我们在有意无意中成了这种规律的破坏者。

我想我们必须学会自省。作为这个星球上一个普通的物种，如果我们真的有高于其他物种的地方，那就是我们具备了一种自省的能力，意识到自身的原罪。正如诗人大解写到的：

有两种暗物质比原罪古老：
退到体外的身影、藏在体内的灵魂。

还有一些轻物质同样古老：
呼吸、语言、目光、梦……

就像我写到的那个鸟巢，在持续盯着它看了很久之后，我忽然发现，它也在盯着我看！一个黑色的眼球，窥视着我的一举一动。我忽然意识到，它正是万物窥视我们的一只眼睛。在我们盯着大自然的同时，它也在盯着我们，盯着人类——这个星球上的一种傲慢、无知和自以为是的物种。如果我们还不能觉醒,并做出改变,下一个消失的,也许就是我们。

补充一句:上次有关《早春札记》的诗发出后,有朋友问我蜗居的小山村在哪里。我的回答是,事实上它可以是任何一个小山村,可能在奉化或者别处某地,也可能就在你心里。

3. 冷西二题

冷西之夜

从冷西小栈出来,
车子拐弯时,忽然看见远处的灯火。
我熄了火,点燃一支烟,
远远地望了很久。
温暖、金黄的光亮,让我
微微空白的大脑里,闪出几个词:
乡关、驿站、歌哭。
是的,歌哭。作为一个久居异乡的人,这些年
我已习惯摸黑赶路,穿行在
岭头暮雪和陌上轻尘之间,
不再轻易为光亮的事物驻留,也不轻易点亮
体内的灯火。
而今晚,在冷西,一幢孤零零的乡村小屋窗口
泼出的灯光,却让我有了无言的感动。
如果此刻,在另一处观望,
你会看到,漆黑夜色里的两处火光:
一处明亮、金黄,
另一处微弱、闪烁,却始终不肯被黑夜吞没。

诗外音：有一种闪烁永远不会被黑夜吞没

《冷西之夜》是我发表在《人民文学》2019年7月号上的组诗《迷迭香》中的一首。这组诗大部分是以我目前工作所在的浙东奉化的地域风物为背景创作的。

在奉化工作生活的这几年，我大部分的业余时间都放在了"走村串户"上面。穿行在那些相对古旧的村镇之间，推开一扇扇柴扉，你能听到时光的锈迹剥落的声音。其中一个村庄，名字叫冷西。第一次听到这个名字，无来由地产生了好感，隐隐觉得会为它写下点什么。

我所在的人大代表小组里有一位年轻人，名叫宋小赞。大学毕业后起初在甬城打拼，后来返乡做起了农村淘宝，逐渐做得风生水起。冷西是她所在的村庄，位于奉化尚田镇雨施山麓，盛产草莓，据说土壤含硒，村民相对长寿。

因宋小赞的邀请，我去过冷西几次，在她的冷西小栈参加过文学沙龙。那是位于雨施山脚的两幢房子，和周边的民居保持着若即若离的距离。它原本就是由两幢相对偏远和独立的民居改造而成的。几次冷西之行，我恰好见证了它改造——不，应该是恢复"旧貌"的过程。及至完工时，宋小赞央我为它想个名字，我毫不犹豫地选定了"冷西小栈"四个字。

改造后的冷西小栈，暗合了我对田园生活场景的想象。屋子依旧保留着土坯山墙、大块鹅卵石垒砌的围栏。窗台上的陶罐里插满了来自山野的无名小花。屋后有一眼山泉，泉水清冽。屋前是一条蜿蜒山径，向前，连接着旁边的村庄；向后，逐渐隐迹于山后茂密的竹林深处。

大致是去年冬天，宋小赞邀请同组的人大代表去小栈做客。已是深冬，林寒涧肃，除了草莓大棚里仍旧春意盎然，外面已是一派萧疏。冷西小栈偌大的茶室里，生起一炉柴火。不一会儿，茶炉初沸火初红。纸窗瓦屋，一干人等，围着火炉喝茶闲谈，感觉寒冷已随着小栈上空高高竖起的烟囱散去。

因为要赶回象山，我在大家谈兴正浓时起身告退，开着车，驶出了冷西小栈。乡野黑如墨染，唯有稀疏的星光，点缀着清冷的夜幕。

车子在漆黑的村道上拐弯时，我忽然看到了身后的灯火。在四周一片漆黑的夜色里，从冷西小栈泼出的灯火，温暖、金黄，给了我深深的震撼。

我停车、熄火，靠着车子点了一支烟，对着远处的灯火看了很久。微微有些眩晕的大脑里，似乎一片空白，又似乎闪现出无数叠加的往事，无数曾经在雨夜赶路的人，无数心里念着"此心安处是吾乡"的漂泊者的面孔……

写作这首诗的冲动，当然更多来自我自己的经历。作为一个在异乡生活时长大于故乡的人，时至今日，我仍旧无法在借居之地获得"此心安处是吾乡"的体验。但是，时光也教会了我如何独自行走，如何像一只小小的萤火虫一样，小心翼翼地提着自己的灯盏，不让它在雨夜熄灭。

所以，在上面这首诗的最后，你会看到另一处微弱、闪烁却始终不肯熄灭的光亮。我想，那不只是我的，也是所有身处异乡或精神上的漂泊者深埋在眼睑中的一星光亮。

粮仓酒吧

我们曾走进一个废弃的粮仓。
空荡荡的圆柱体内,囤、粗釉陶罐、
用旧的麻布袋,都有被充实的空虚。
空气中,有难以觉察的爆裂声。

似乎总是这样:哭泣停歇,哀伤才苏醒过来。
肉身结束后,精神之旅才刚刚启程。
粮食被搬空后,时间的酿造才刚刚开始。

再次到来,它已经被改造成一个乡村酒吧。
昏暗的空间里,酒香弥散,
一些我不熟悉的金属器皿,在角落里闪着幽光。
我知道有些事物还在继续发酵。

这没什么不好,它们都在酿造。
一粒粮食的裂变,或者一粒葡萄的发酵,都是在
制造孤独的分泌物。

从前,它抚慰我们饥饿的肠胃,
现在,它灌溉我们日益贫乏的内心。

诗外音：时间酿造者

这一次，我还是将目光转移到了乡间事物——一个废弃的粮仓上。往往是这样，在物质成为遗址的时候，精神的酿造才刚刚开始。

面对粮仓，我们的身份，不仅是遗忘的采集者，而且应该是时间的酿造者，从时间中取出酒。

时间自己当然也会酿造。有时候我们可能是一个旁观者或守护者，从时间中取出酒。但有时候，我们还需要舍身饲虎，加速这个过程。

这几年我的写作重心似乎一直在缓慢地转移，从最早的海边吟唱，转移到有关县城生活的底层叙事，又转向边地风物探究，完成了身份确认和精神还乡的双重任务。

之后又是对江南历史文化地理的考察。以博物馆为重点考察对象，去审视那些已经在时间里成为遗迹遗址的事物，所执一念，就是试图探究时间幻象里生命的意义和价值。

这首诗最初出现在我的脑海里的只有两个句子。第一句是："似乎总是这样：哭泣停歇，哀伤才苏醒过来。"脑子里冒出这样的话的时候，我正在手机上了解疫情的最新动态，看到很多重症患者和不幸感染病毒的医护人员离世。面对突如其来的疫情，所有的人都是紧张的，人们忙着抗疫，对于亲人、同事、朋友的离世甚至连哀悼的时间都没有，往往是一边流泪一边又转身投入工作。十多年前从镜头里目睹了汶川地震时的场面，也有类似的感受。真正的哀痛来自疫情结束、抗震救援告一段落之际，那时人们才能松一口气，睹物思人，任亲人离世的哀恸一阵又一阵袭来。那时或许已经不适合放声大哭，但是，内心难以言说的苦痛可能比事发之时有过之而无不及。

另外一句，是在我去朋友新开的一家民宿的路上，途经附近的一个由粮仓改造的酒吧时写下的。昔日生产大队的粮仓，空置多年后，被改造成了一个酒吧。角落里还添置了用于酿造啤酒的金属罐，在昏暗中泛着幽微的金属光泽。于是我写下了这样一句："粮食被搬空后，时间的酿造才刚刚开始。"这个句子其实并不是写啤酒酿造，而是指这个粮仓在这么些年的空置时光中所引出的时间的酿造。

这首诗的调子由此奠定。

其实最初我的构思侧重于疫情带给人们的伤害和思考方面。我甚至想得比较远，即在后疫情时代，如果向前而生，我们如何看待这场疫情对我们个体的人、社会、国家乃至整个地球的影响？这同样是一个不断发酵和酿造的过程。酿得好，我们会收获能够帮助我们应对类似灾难的经验、策略；酿不好，也许只是一杯苦酒。

但是写作过程中，我对疫情方面的思考有了更多别的表达，所以就把重心调整到粮仓这个相对具体的意象上，关注从粮仓到酒吧之间漫长时段的酿造。我发现，从粮食到酒，恰好构成了从物质到精神的天然隐喻，单纯去处理它们之间的关系，或可让整首诗的诗意生发显得更自然。

于是几经修改，就有了上面这首诗。

这首诗的完成度究竟怎样，我不敢评说。于我而言，一首好诗，其实是从它完成时起，才刚刚开始酿造。我希望它也是一个微型的粮仓或酒吧，而读者的经历、阅读，就是酒曲，让它真正开始酿造。

4. 湖山的记忆

广济桥

已是深冬。广济桥下的水位降得很低。
这使桥下的溪坑看上去更像是一道沟壑。
时间又过去了很多年,
更多的流水已经一去不返,
而桥两边的人早已转身,各自离去。
回声在震动。涟漪
变成了岩石里的花纹。
"人世间,到处都有广济桥,但到处都有
迷失于津渡的人。"
"没有谁是不会改变的,曾经离去的人也是。"
但归来时,他们仍需面对一道沟壑,
依旧有更多的水从眼前流逝。
当桥对岸的人,再次离去,
一座桥,抱住了自己水中的倒影,
这反方向的影像,仍能和水面上的弧度
合拢为一个圆。一个看上去似乎完满的结局。

诗外音：山形依旧枕寒流

广济桥在哪里？广济桥无处不在。

最大最古老的，在潮州，是当年韩昌黎撰文祭鳄之地。杭州的广济桥，是运河上最古老的桥梁。此外还有长沙广济桥、苏州广济桥、汕头广济桥、塘栖广济桥……它们横卧于任何有江河、溪坑、沟壑的地方，广度众生。

但我这里要说的，也许是广济桥里最小的。它位于奉化岩头村口。村是古村，桥是古桥。单孔、拱背、弧形，匍匐于岩溪之上，东西连接，挽起了两边的狮子山和白象山。桥身两侧的柱头上，雕饰着蹲狮和仰莲。桥头的铭文记载着它的前世今生。石桥建于晚清时期，距今约一百三十年。造桥的毛和泰父子，据说就是本村的能工巧匠，曾参加过南京中山陵的建筑施工。

但我知道，所有的石桥都有一个共同的前世，它是阿难的化身。

电影《剑雨》借佛祖弟子阿难的一段禅语来写陆竹、细雨和阿明之间的爱恨情仇。据说阿难未出家前，对一位少女一见钟情，于是对佛祖说：我喜欢上了一位女子。佛祖问阿难：你有多喜欢？阿难说：我愿化身石桥，受五百年风吹，五百年日晒，五百年雨淋，只求她从桥上经过。

这就是有名的《石桥禅》。每一个走在石桥上的人，都踩在阿难的化身上。每一个跨过溪涧江河的人，都是阿难宏愿的受益者。我也是。

初来奉化，行色仓皇。离开借居了二十一年的地方，来到另一座南方小城。彼时我同样像一只孤鸿，心境大约可以用苏子瞻初贬黄州时的两句词来形容："拣尽寒枝不肯栖，寂寞沙洲冷。"工作期间，除了一头扎进故纸堆，借了解栖身之地的人文掌故平复心情之外，业余时间，便让自己置身于山水，穿行在大大小小的古村、沟壑、溪坑之间，借山川风物，浇心中块垒。岩头村和广济桥就在这时进入我的视野。

岩头，这个位于天台山余脉褶皱间的古老村落，至今已有六百余年的历史。一条清澈的岩溪穿村而过。不仅自然风光秀美，人文景观亦殊胜。这里有蒋介石发妻毛福梅故居以及毛福梅的侄子毛邦初故居等，且保存完好，维持着当初的风貌。

第一次去，记得是深冬。林木萧瑟，水落石出。这使得桥下的岩溪，看上去更像一道沟壑。溪坑两边的岩石发白，带着明显的水渍，这表明它曾长久地被流水冲刷。那些曾经在水中荡开的涟漪，已经成为石头上的花纹。

小小的一座石桥，掩映在两棵巨大的古樟下，宽约五米，长不过十数米，却是入村的必经之地，也是连接两边的狮子山和白象山古道的重要纽带。旧时曾有"岩头锁钥"之称。桥面南侧栏板上正中阴刻着"广济桥"三个字，字体古朴苍劲，与不远处的摩崖石刻"石泉"二字交相辉映，据说都是清嘉庆年间大书法家毛玉佩手书。古桥、古樟、古道和一道清溪共同组成了古意深幽的村口景观。

卵石铺就的桥面上，正中间嵌着一块青石，因为经过了无数人的踩踏和风雨剥蚀，上面的花纹已经漫漶不清，只留下一圈莲花状的轮廓依稀可辨。能够想见一百三十年来，从这座桥上走过多少匆忙的步履。能够想见无数个凌晨在桥头上演的一场场小小的告别，一双不舍的眸子目送背影离去，另一双已潸然却不忍回顾。那时天色尚未全亮，岩溪桥头水汽氤氲，只有渐行渐远的布衣青衫，逐渐消失在乳白色的薄雾中……

有很多次，我去岩头，有时是陪不同的客人，有时是独自一人。每次去，总会在桥上伫立片刻。人站在桥头，思绪却被桥下的溪水和桥两侧的古道扯得很远。偶尔回过神来，又无所事事，眼睛会盯住"广济桥"三个字看很久。

记得有一次陪著名诗人、文化学者柯平老师来岩头寻根。柯平老师本姓毛，八十多年前，他的父亲还是一个年轻的小后生，离开岩头赴上海谋生。后来几经辗转，落户于湖州。而后改名换姓，成家立业。此后多年从未回过故乡。柯平从父亲口中得知，他是岩头毛姓建字辈人，家就在村口附近的一个埠头边。这次回来，我陪柯平老师找到村里的老人，经多方打听，又找来《毛氏宗谱》仔细核查，却始终不见蛛丝马迹，只能遗憾离开。辞别之际，柯平老师站在村口的广济桥上嘱我为其拍照留念。拍好正面照片后，我趁老师转身之际又拍了一张，留在手机里的是一个稍显落寞的背影。

偶尔翻出这张照片，不由得想起刘禹锡的诗句："人世几回伤往事，山形依旧枕寒流。"这个世上，到处都有广济桥，但到处都有茫茫然找不到津渡，也找不到归宿的人。人生也许随时随地需要面对一道道的沟壑溪涧，有时在不同的地方，有时在相同的地方。有时对面站着能够再见的人，有时候目送转身离开的人，也许将永不再见。

人生自古伤离别。今天你送别人，他年别人送你。有时，也许只是自己和自己的一场告别。桥下的流水歌唱着往昔，也带走了时间里所有的哀伤。

然而广济桥仍然有存在的理由，无论是有形的还是无形的。倘若没有阿难的宏愿，即便相隔一道溪坑，两边的人也互为彼岸。每一个有幸跨过桥的，都应默念阿难的法名。

至于阿难之后是否如愿，不得而知。《石桥禅》的故事并未有结果。相比之下，我更喜欢《剑雨》里方丈和细雨的对话：

曾静（细雨）说："方丈，我还有这个福分吗？"

方丈说："去！死者乃为生者开眼。过去心不可得，现在心不可得，未来心不可得。未来已成现在，现在已成过去，随心去吧，看能得否。"

湖水的记忆

湖水并不比人世更加寒凉。

它的悲伤总是来得缓慢退得也慢。

春水涨起,两岸的桃花已经把花瓣铺满水面。

它依旧记得,去年冬天,

一个来湖心看雪的人,凿冰烹茶,

未喝完的雪,依旧蓄积在它的胸口。

只有湖水记得夏日傍晚,情人们的嬉戏、呢喃。

记得最后一个人离去时,投下的暗影,

只有湖水收留了她幽怨的眼神。

而当秋风起时,满谷的落叶飞舞,

只有它还记得夹竹桃炫目的怒放。

有毒的美,让一面湖水也泛起了中毒般的酡红。

只有湖水的记忆是可靠的,

在一个十岁女孩溺水的地方,一个体形肥硕的男子,

纵身一跃,溅起的水花,怎么看也像女孩发出的求救。

诗外音：唯有湖水不会忘却

《湖水的记忆》是我写于2017年8月的一首诗。那是一年中最热的时候。

这首诗中的湖，在现实中对应的，主要是我傍晚去游泳的一个小水库。它位于奉化同山脚下，好像叫大化水库。这老是让我想起陶潜"纵浪大化中，不喜亦不惧"的诗句。

南方的夏天总是很热。太阳下山后很久，燠热还是迟迟不退。弥勒大道边的夹竹桃开疯了，混着暑气，有一种说不清的魅惑的味道。等我骑着小破车吭哧吭哧地爬上一段很长的坡时，天色已经暗下来，月亮升到了山尖。

这时候，水库里已经没有几个人，这倒正合我意。作为一名来自北方的旱鸭子，尽管在南方的水洼里扑腾了二十几年，我依旧没有学会游泳。不会游泳，又想亲近水，怎么办？我的策略是"全副武装"：头上套上泳帽，腰间围上"跟屁虫"，胳膊上再绑两个臂圈。如此这般，想沉也沉不下去了。

但这样也有坏处，就是在水中划拉不了几下，就没气力了。划不动了，我索性就仰面漂在水上，听凭身底微凉的湖水慢慢吸走体内的暑气。身体舒服了，精神便开始活跃。望着夜空里的星星，开始胡思乱想。很多与湖水、与夜空有关的诗，最初的灵感便诞生于此际。

当然，不去游泳时，我也会在湖边散步、静坐，从另一个角度打量湖水。

在水中，我用肉身真切地体会到一个现象：天热的时候，湖水相对是凉的。而当夜晚凉风渐至，岸边穿衣服的人打着冷战，湖水却又微微发温，让人从皮肤到灵魂都感到——错位。

如果湖是一个人，我觉得所有的湖似乎都应该是一位老者，行动缓慢，思维迟滞；或者是一位拥有极静心态的隐士，气定神闲，处变不惊。相对于当下的世事纷纭，他们更习惯于陷入回忆。时间之于他们是非线性的，或者说，他们湖底深处的记忆和现实的世相是相互交叠的，即使分离也非常缓慢，不至于变化太快。因此，相对于转瞬即逝的现实，湖水的记忆显得更加可靠。

所以，当你习惯把一面湖水放在自己的胸口，你就能同时拥有两种心态，它们相互交叠。让我们在某种流逝中，葆有一些相对滞缓的记忆，来从容应对世事的变化。

湖水，是一个人的镜像。它把很多发生过的事件，曾经映入湖面的风景悄然贮存于湖底。无论是欢乐还是悲伤，当表面的一切逝去，或者当光影消失，人群散去，它会用暗处的力量，用缓慢的对流翻涌，去释放贮存的记忆，来抵消那过快的消失带来的失忆。

这种记忆或是有意识的，或已经成为一种本能。让我们在风云流散、世事无常中，葆有一份淡定和从容。

瀑布与鹅

徐凫岩瀑布上面的溪坑内，几只鹅在游弋。
它们会不会随着溪水，滑向近在咫尺的悬崖？
为了验证猜测，我恶作剧般
把石块掷向它们——
事实证明我的顾虑多余，
一群呆鹅惊慌乱窜，但没有一只
逃往悬崖方向。
只有流水无知无畏，一直向前，
发现悬崖时已经来不及撤身。
而这些呆鹅，早已预知了危险的存在，
它们的翅膀多年不用，早已形同虚设。
但它们懂得如何规避风险。
它们逃避时笨拙的身躯，多么像我——
大腹便便的中年人。
而在眺望跳下悬崖的瀑布时，我依稀看到了自己
年轻时的身影。

诗外音：有关《瀑布与鹅》的几句赘语

初来奉化，区文联领导为了让我尽快对当地的地理历史风物有一个直观的了解，工作之余常带我各处走走。我也习惯每走一个地方，都尽可能做到细致地观察和相对翔实地了解，争取能有所发现，以便日后把所见所得敷衍成诗文。

有一次，来到溪口雪窦山徐凫岩瀑布处。作为浙东名瀑，徐凫岩悬崖峭壁，壁立千仞，瀑流在疏林间横飞，直如银河倒泻。其气势相对于附近的千丈岩有过之而无不及。历代文人多有吟咏。宋代诗人王时会诗云："绝壑摩空云与平，横飞寒瀑万年声。杖藜平过人间险，独向千山顶上行。"写得峭拔孤绝，与瀑布的气势交相辉映，令人击节。

作为一个新诗写作者，肯定不能再翻拣故纸、拾人牙慧，也不能人云亦云。但是应该写些什么呢？即便无法写出新意，至少也要发现一些别有意味的"诗意"吧？

带着这个想法，我们一路攀缘而上，从一个叫"步云"的旋转阶梯攀上了瀑布顶端的山崖。别看徐凫岩瀑布水雾蒸腾、气势骇人，崖壁上面却是波澜不惊、一平如砥。一条清澈见底的小溪不疾不徐缓缓流淌。几只大白鹅在水中游弋，见游人来也不躲避，全然不顾几米开外的瀑布。

远远地，我们恶作剧般地做出赶鹅的动作，看看它们会不会惊慌失措地从瀑布入口处跌落。谁知那些呆鹅根本不理我们。不甘心之余，我捡起一块石头扔向它们，这些鹅才扑腾着乱窜开来，明显看出已经很久没有使用过翅膀。尽管慌不择路，但是没有一只逃向瀑布的方向。只有那条小溪，依旧径直流向悬崖。

回来以后，想起当时情状，又联想到自己年轻时不问不顾、莽撞决定外出谋生的经历，像极了徐凫岩瀑布上游那条无知无畏的溪流。及至中年，华发渐生，除了徒增一些颓废与失落外，一事无成，与溪涧游弋的呆鹅几无二致。不由得心生感慨，于是有了上面这首诗。

之所以把这首诗拿出来说，并非要强调它有多好，只是觉得它确实能证实我一贯秉持的一个诗歌创作理念：一首好诗，往往是作者的阅读经验、人生际遇和生活现场的发现与感受的结合。阅读经验更多地会转化为一个写作者技艺方面的东西，人生际遇决定写作者的创作题材和倾向，而来自生活现场的富有象征和隐喻质地的细节是决定一首诗成败的关键。前两个因素和后一个彼此可视为因果。

真正的诗意往往存在于生活现场，而不是靠读书或者阅历所能获取的。但是缺乏大量阅读和生活积累，即使你在生活现场，也很难捕捉到有意味的细节。所谓功夫在诗外，大约就是这个道理吧。

5. 时间寻访

戴表元：寻隐者，遇与不遇

奉化老城。小东门。一条沿溪而建的小巷。
我们根据你的日志索骥，
试图叩响你的门环。

但问遍小巷内的每一户人家，都摇头不知。
这不奇怪，时过境迁。毕竟
你已是七百年前的古人。

我们也曾去寻访你的另一个家：出东门，西行，
沿着剡溪的支流，走近它的源头。
荒草掩映的山径，仿佛一根绳索，
把我们拽到你的门前。

石刻的字迹依旧清晰、有力。生死之间
藏着悖论般的真理：

一个人，要想不被找到，就把自己淹没在市井和人流中。
一个人，要想被记住，就把自己藏进山野、文字和孤独中。

如此，即使隐得再深，也会有人，千里迢迢叩响你荒草掩映的门牌。

诗外音：隐在青山故纸间

戴表元(1244—1310)，宋末元初文学家，被称为"东南文章大家"。字帅初，一字曾伯，号剡源，奉化剡源榆林（今属浙江）人。宋咸淳七年（1271）进士，元大德八年（1304）被荐为信州教授。再调婺州，因病辞归。论诗主张宗唐得古，诗风清深雅洁，类多伤时悯乱、悲忧感愤之词。著有《剡源集》。

这是我在网上搜到的答案，也是我来奉化之前对戴表元不多的印象之一。更深更直接的印象，源于他的一句诗："行遍江南清丽地，人生只合住湖州。"这是戴表元写湖州的一首诗里的两句，放在今天，也是极好的房地产文案。当下能和它媲美的，恐怕只有海子那句"面朝大海，春暖花开"了。

自古以来，大凡酸腐文人，都有一个习惯，那就是每到一地，都会寻访当地的风物胜迹。我也不例外。初来奉化，就忙着向当地朋友打听有关戴表元的遗迹，但被告知，先生只是晚年归隐于剡源的榆林村，所存者，仅有墓冢一座，别无他迹。

其实也能想见。史载：戴表元家素贫，战乱后，生活益艰，辗转鄞县（今浙江省宁波市鄞州区）、杭州等地，以授徒卖文为生。及至晚年归乡，也是两袖清风，虽曾被荐为修撰、博士，但皆不赴。每日只读经史、作诗文，吟诗著述以终。

我曾和朋友沿着剡溪的支流，过榆林，步仄径，最后在岩头村三石岭南麓找到先生的墓冢。尽管一路荒草掩映，但还是能看出，经常有人沿着这条路来寻访这位曾经名震江南的布衣大家。

著名诗人、文化学者柯平有一次回老家奉化，谈到戴表元，说据他看过的史料记载，戴表元至少有一段时间，生活在元代奉化古城的小东门内。于是几个人便兴致勃勃地到奉化老城去寻访，希望能发现一些蛛丝马迹。

在城里我们还真找到一条名叫戴家巷的小巷子。但是遍问其中的住户，没有一个能说出这条巷子的来龙去脉；提到戴表元，多数人也只是摇头，即使有人知道，也和这条巷子毫无瓜葛。到了最后，一干人等只好悻悻而归。

这其实也在意料之中，毕竟已经过去七百多年。奉化城几经兵燹，早已面目全非。即使戴表元当年真的曾在此居留，他的后裔也不一定居家守业寸步不离，更何况，先生本是一介布衣，不求闻达，恐怕也没留下多少家产。

先生留下的财富，都在《剡源集》以及散落各处的佚文、佚诗里。"名成但恐累隐趣，莫遣妙语人间传。"尽管戴表元潜心隐居，但他还是敏感地预见到了自己日后的声名。我想，他也必然预见到了他的诗文将成为他留给故乡的最大财富。时至今日，这些清丽的诗句，依旧像剡溪一样流淌，像剡溪里的时光一样悠长。

乙未冬访王钫及巴人故居

牌楼高大、破败，
但威仪仍在。
这符合政治和政治人物退场的逻辑。

掩映在它身后左侧的一排厢房，
低矮、局促，这同样
符合文学家的身份和遭遇。

据说它内部的二楼，收藏着巴人的全部著作，
还有一座塑像。
我试图向屋内张望，但门扉紧闭，光线昏暗。

这同样符合文学的逻辑：
它提供的，的确是一条幽暗的通道，只属于少数的探寻者。

在牌楼下小坐了一会儿。
一对青石条凳，
据说已有上百年，保存完好，包浆锃亮。

这同样符合它的身份：
因为愚顽、沉默和低到地面的姿态，
它经受住了一波又一波的人间劫难。

诗外音：与牌楼有关的事物

大堰巴人故居，是我到奉化后去的第一个"文化地标"。

记得是2016年，农历乙未年冬，时近春节，宁波市的一个文艺家团队来奉化大堰常照村送文艺下乡，我跟随奉化区文联主席王亦建先生陪同接待。活动结束后，尚有一点时间，王主席问我要不要到附近的巴人故居看看。尽管有关巴人的书我读得很少，但对其事迹多少了解一些，于是欣然前往。

车子沿着县江上游开了没多久，就到了大堰村。穿过一座宽大的廊桥，映入眼帘的是一座颇具气势的高大牌楼。王主席说，这里就是巴人故居。我吃了一惊，只记得一个原名叫王任叔的巴人，是中国现代文学史上著名的左翼作家联盟的发起人之一，新中国成立后曾任人民出版社副社长，后来还做过新中国驻印尼大使，没想到他的故居居然这么考究。

王主席大约是看出了我的疑惑，解释说，这是明代工部尚书王钫的故居，是乡人替王钫的祖上王文琳建造的。王钫做了尚书以后，改称尚书阊门或狮子阊门。巴人王任叔是他的后裔，就是在牌楼后的院子里出生的。

穿过牌楼，进入院落，到了东侧的厢房前，王主席说这才是巴人故居。厢房是木质结构的二层小楼，门楣上挂着书法巨擘沙孟海题写的"巴人故居"匾额，整幢房子最有气势的也就是这几个字了。木厢房低矮、潮湿、昏暗。一楼是一些生活起居陈列，二楼是有关巴人的著述和经历的陈列介绍。因为当时匆忙造访，没有联系相关人员开门，只在门口张望了一眼。但心中对这位著述丰厚、学养丰赡的文学前辈又多了几分敬意。

尤其是在"文革"后期，巴人蒙冤含恨去世的一段经历，让人唏嘘不已。

从巴人故居走出，又回到门口的牌楼下，在条凳上小坐了一会儿，一边休息一边再次打量眼前的所见。牌楼高大、破败，但威仪尚在。据说它和门口的石狮子和条凳都还是明代的原物。狮子曾遭受过破坏，后来被修复，但依稀可见裂痕。而条凳，因为不代表什么，所以能安然无恙地度过几百年；又因为被置于闾门门廊的两边，可供来往人等小坐闲谈，几百年来，已被无数不同身份的人的屁股磨得光滑可鉴。

门口，是尚在源头的县江水，它匍匐在地表的最低处，以自身清澈的映照，见证着白云苍狗的时光变幻。想到它流经的数百年光阴，想到这次游览所见的几点细节以及它们背后所蕴含的有关时间、历史，有关人的身份、阶层、经历等的复杂意味，于是就有了上面这首诗。

墙

我不能说它是一个时代的皮肤和身体。

我不能说它是一个时代的沉默和秘密。

我要说的仅仅是一间貌似某人寝室的

陋室。在某年,在

一所偏僻的乡村学校,

斑驳的墙体上,油漆写成的语录依稀可辨。

红色的字痕,已经随着陈年的雨水渗入墙体,

像一代人

皮肤上的烙印。

我不能说这一面墙事实上

砌在一个人的身体里;

我不能说被它隔开的光线幽暗的陋室,

同样像他的内心——

糊满旧报纸的墙上,

分别贴着一张奖状、两张泛黄的

《红牡丹》电影海报以及一张过期的基督教年历。

诗外音：孤独的正反面

有一年初夏，我和朋友去乡下玩。这是一座宁静的小镇，向北的一面靠海。当时我从石浦来，兴趣不在海边，朋友便带我去看镇里的老房子。

我们沿着镇子外海边的水泥路，走进乱石铺设的古镇老街。在朋友的带领下，我们在迷宫般的镇子中心转来转去，看了旧式的祠堂、横跨在溪坑上的一座古桥以及据说是一户大户人家的院落。印象中那个院落共有三进，里面长满荒草，空气中弥漫着潮湿破败的气息。当然，从依旧高耸的门楼和精致的雕花石窗不难想见它早年的气派。

我们大约花了半天时间在这幢老宅子里转来转去。朋友见我一副意犹未尽的样子，便对我说，有个地方你可能更感兴趣。然后不由分说，把我带到了附近的另一座庭院。

院子看上去同样破败，但建筑风格不同，看上去隐约有些民国风味，像一所废弃的学校。朋友说，这是以前的镇中学，后来建了新的校舍，这边就废弃了。不过这所校舍很有些年头了，而且和你们学校有些渊源。

我那时在石浦的一所省重点中学教书。实在想不通这两所学校之间有什么联系。朋友说，你还别说，这所学校就是你们学校的前身，很久以前叫立三中学，抗战时期就有了。

听他这样一说，我倒真的想起来了。我毕业后分配到学校教书，适逢校方筹备建校六十周年大庆。从校史中得知，学校的前身的确叫立三中学。"立三"是校名也是校训。"所谓立三者，立德、立行、立言是也。"我知道这话源于《左传》，原文为:"豹闻之:'太上有立德,其次有立功,其次有立言。'虽久不废,此之谓不朽。"这是儒家的核心价值观。大约当初的建校者认为,作为学子,求学期间立行应是比立功更迫切的追求。不管怎么说,那个时代的一所乡村中学,能为学子树立如此宏阔高远的目标,不能不钦佩创办者的眼界。

不过我的目光毕竟还是短浅,没有深究这所学校兴衰的缘由,兴致勃勃地在一间又一间已是断壁残垣的校舍间进进出出。转来转去,我的目光又被角落里一间相对低矮、面积较小的房子所吸引。朋友吓唬我,叫我不要进去,说那间房子里闹过鬼。他这样说反而更激起了我的兴趣。拨开荒草丛,三步并作两步来到门前。

这是一间工字房最后一横的边角。因年代久远,斑驳的墙面,依稀可见不同年代粉刷的痕迹,包括那个特殊年代留下的语录。正如我写进诗里的"红色的字痕,已经随着陈年的雨水渗入墙体"。这个句子,尽管写实,但我知道,在我写出后,它本身已经带着深层的隐喻。

朋友告诉我,那是一间宿舍。里面曾经住过一位从外地分配过来的老师,据说水平很高,书教得很好。但不知什么原因,除了教书,就把自己关在屋子里,从不与人交流,也没有结过婚。

我好奇地推开了并未上锁的木门。房间里的光线很昏暗。一眼看过去,除了学校配发的简陋木床和桌椅,几无他物。墙上糊着旧报纸,大都是20世纪70年代的,上面有各种加粗加黑字体的口号。借着木格窗漏进的光线,我仔细搜寻,又看到贴在墙上的一张奖状,但上面的名字和获奖名称已经被墨汁涂掉了。另外，我还发现 张过期的基督教年历和两张泛黄的《红牡丹》电影海报。这些引起了我的好奇。

时间停在了1980年。是电影《红牡丹》放映的那一年，我六岁，对其已有印象。基督教的情况，我后来翻阅相关资料，得知1980年是中国基督教协会成立、教徒信众恢复活动的第一年。

无法描述我在那间昏暗小屋里凝视这面糊满旧报纸的墙，以及在充斥着各种口号、各种发射卫星消息的文字丛林里，突然看到这张电影海报和基督教年历时的心情。我想我触摸到了一个时代和一个人真实的外表和底色。当我仅仅用文字客观呈现这些事物的时候，一首诗已经获得了存在的理由。至于其他复杂的况味，都已包含其中。

无法从朋友口中得知这位老师的具体情况，只知道这位老师来自上海，因某些原因被下放到这所当年相对偏远的滨海小镇的学校。除了教授语文、历史之外，还是学校的美术、音乐老师。朋友说，他小时候学会的"长亭外、古道边，芳草碧连天"就是这位老师教的。当时根本不知道是什么意思，只是觉得比当时学校里经常唱的歌好听。后来才知道那是李叔同的《送别》。

时隔多年，朋友还记得当年的这首《送别》。但是，后来这位老师是怎么走的、究竟去了哪里、有没有人为他送别，都已无从知晓。

6. 村庄二题

石门访竹

春山如煮。
绿色的火苗,舔舐着四月的大雷山。
穿村而过的溪水,
又一次漫过了履厚桥上的青苔。
千百年来,来自江山的余脉与一根毛竹互为词根,
构成共同的生存海拔。
高处,竹尖上晃动的人影已成为传奇,
中间是正在拔节的人间烟火。
家家门口支起的铁镬里,熬煮着又一个春天,弥散的笋香
将再次唤醒石门人舌尖上的记忆。
而在看不见的暗处,
粗壮的竹鞭和一个家族的血脉盘根错节,
有些正在孕育新的笋节,
有些,已经伸向更远的地方。
一种秘密的带电的力,
正把一个崭新的世界拱出地面。

诗外音：春天的秘密电厂

最早知道石门，源于同事讲的"竹海飞人"的故事：当地村民中，有一些能够借助竹子的韧性和弹力，从一棵竹子的顶端飞身跨越到另一棵竹子的顶端，动作轻盈敏捷，宛如古代的侠客。

听着他们的描述，我立刻想到了电影《卧虎藏龙》里的画面，李慕白和玉娇龙在竹尖上飞来飞去，用的是一种叫"凌波虚步"的轻功。没想到现实中还真有这样的功夫。

就在我蠢蠢欲动打算奔赴石门一探究竟时，又被告知，现在有这种本领的石门人已经不多，且年纪较大，看他们的表演已经是可遇不可求的事了。悻悻之余，我又在网上搜了"竹海飞人"的相关信息，聊以自慰。

资料显示，石门村目前还有三位"竹海飞人"，均已年过半百，他们分别是五十八岁的毛木信、五十三岁的毛裕自和五十二岁的毛绍兴，都是当地的普通山民，之所以称他们为"竹海飞人"，是因为他们的这种功夫已达到了出神入化的境地。仔细读来，才知道这是从小练就的童子功。

石门村位于大雷山麓，屋后就是林山竹海，莽莽苍苍。靠山吃山，长久以来，石门人就依靠万亩竹林养家糊口，繁衍生息。竹子遮天蔽日，需要定期削去竹梢，否则既不利于新竹萌发，也不利于老竹承重。于是慢慢出现一些专门以削竹梢为生的人。为了节省体力，提高效率，他们在长期的劳作中，不再爬上爬下，而是尝试直接在竹子顶端辗转腾挪。

事实上，这貌似简单的动作有诸多风险。首先要学会根据竹子的长势、颜色准确判断竹龄、韧性，是否虫蛀，否则一旦失足，轻则伤身，重则有性命之虞。细究之下，也就明白，世间诸多绝技，事实上都是被逼无奈，背后都是生存的辛酸。

今年清明放假期间，我闲来无事，忽然想去之前一直想去而未曾如愿的石门，于是一个人驱车前往。这次去石门，不为"竹海飞人"，而是另有目的。我供职的单位，年初启动了一项"艺术点亮乡村"的计划，石门即是其中的一个试点。我从去年开始，手头一直在写一个小专栏，尝试以诗文形式，为奉化各地的山乡风物留下一点文字记录。尽管难度不大，但是要从去过的每一处都发现一点诗意，还真不容易。

对于石门，也许是之前对"竹海飞人"的印象比较深，先入为主，没去之前我就把写作核心物象定在了竹子上。但问题也随之而来：无论是古体诗还是新诗，写竹子的可谓浩如烟海，俯拾皆是。怎么能避免重复，同时又让一首小诗写出一些石门特色，也让人颇费思量。思来想去，没有头绪，心想还是去了再说吧。

时值四月，春山如煮。沿溪两岸，家家门口支着一口铁镬，村庄里弥漫着春天山野和油焖笋的香气。高出屋檐的烟囱，冒着久违的炊烟。沿着石门溪往上走，能见到众多的石桥。村口不远处，即有狮凤桥、梯云桥，而村中最负盛名、最古老也最精致的当属履厚桥。桥名据说出自清代姚元之《竹叶亭杂记》中的"荷两朝之恩遇，浃体沦肌；际累世之昌隆，戴高履厚"之句。戴高履厚——恰恰是这座桥之名，忽然让我有了抒写这个村落的灵感。

人生大地之间，无论是个人，还是一家一族，要想出人头地，首先得像毛竹一样，扎根于深土，从竹鞭萌发、竹笋破土到竹节攀升，最终成就顶天立地之势。八百多年前，石门先祖从一人一家一户，逐渐繁衍为一个庞大家族，到今天已是溪口镇人口最多、面积最大的行政村，有一千多户、三千多人，尚不包括历代走出石门的毛氏子弟。其经历恰如毛竹落地生根、开枝散叶、聚竹成林的过程。

据宗谱记载，始祖毛旭，是衢州江山石门村后唐进士仁锵公季子，跟随其父来明州（宁波）赴任，其间游于剡溪源头，见此地山清水秀、土厚地灵，遂卜筑于此，时约为北宋初年。为让后人不忘祖根，便以"石门村"名之，迄今已逾千年。建于清朝康熙年间的宋祠世义堂大门外有一副对联，上书"江山衍脉三千里；宋室开基八百年"。如今已移于村口新建的城楼两侧，昭示着石门作为中国历史文化名村的悠远历史。

我在石门溪坑对面凝视过的一府六院，其中的一府，尽管仅存台门，仍不失其煊赫威严之势。高悬的"大夫第"匾额一侧写着"十四世祖澄明弘治癸丑科状元官至礼部尚书"字样。据《明史·毛澄传》记载，毛澄，字宪清，江苏昆山人。弘治六年（1493）状元，正德十二年（1517）任礼部尚书。为人刚直，曾多次犯上进谏。我曾遍查史料，并未发现毛澄往来于石门的证据，或许仅为同宗。但他的事迹能宣示于石门毛氏家族最显眼的门楣处，除了同宗同脉之外，更重要的，还是文化观念和价值取向上的认同。

一晃时间已经走到了21世纪。今天走在村里，我们看到的日常景象，恰如毛竹的生长，是新笋破土而出，是翠竹节节拔高，是熬煮着的人间烟火，是经得起岁月贮藏的油焖笋的馨香。我知道，一个村庄无论如何古老，只要烟囱还冒着炊烟，只要向晚的窗户里还有一星光亮，就说明这个村庄还活着。我更知道，支撑一个村庄历经千年不被吞噬的真正原因是那种神秘的力量，它存在于我们看不见的地方，就像毛竹节节拔高的秘密事实上存在于毛竹两端。

向上，除了已成为传奇的"竹海飞人"，更重要的是毛氏家族在一代又一代精英子弟的引领下，"力田敦根本，读书裕经纶"。据《清漾毛氏族谱》记载，历代以来，毛氏家族出过八个尚书、八十三个进士。正是在这一代一代毛氏精英的带动下，让一人、一户、一个家族的发展和国家利益联系起来，汇聚成一条向上的河流，与历史共沉浮。

向下，是盘桓、深潜于毛氏族人血脉中的宗亲观念和家族荣耀。如果说秉承"修身、齐家、治国、平天下"传统观念的精英子弟是带动家族始终向上的力量，那么深潜于家族内部的宗族意识和宗亲观念则是蔓延于地下的竹鞭。它们盘根错节、互为依靠，它们默默无闻、暗中汲取营养，为新笋的萌发提供源源不竭的力量。没有谁能轻易忽略，那种能够撑起一座春山的力量，就像一座微型核电站，在一次次神秘的核裂变中，创造出令人瞠目的奇迹。

我想，这应该就是石门毛氏繁衍壮大的更深层的秘密吧。

青云村

青云桥还在。但青云坊
仅剩一根残损的石柱。
"穷且益坚,不坠青云之志",
一句格言在这里找到了它的影子。

老阊门还在。
墙缝里的草,熬过了又一个冬天。
祠堂岑寂。远处,同山的云天被收纳于
老戏台下一池春水的波澜不惊。

此刻正在下雨,
旧时屋檐下,雨水冲刷的痕迹还在。
雨水,同样缠绕在一双曾在异乡跋涉的脚上。

窄巷子如脐带,它的一头
通往某个光线昏暗的厢房。它的
另一头,拴在门前河的一个埠头前。
河水连着剡江,据说顺着它的流向,可以抵达更远的地方。

更多的秘密藏在一幢青砖砌成的藏书楼里,
曲径通幽,
交错的斗拱,印证着通往上层建筑之路的陡峭。

诗外音：脐带与阶梯

去青云村时正在下雨。雨水，让这座有着一千多年历史的村落看上去更加古朴。时令尚在早春，但村口的泉溪边，已有村妇在浆洗。溪水冷冷，数不清的游鱼在她们手边竞相吞食菜叶的碎屑。

我向她们打听青云联步坊的位置，对方操着我听不大懂的方言比画了半天，我才听出个大概。青云联步坊早就拆了，顺着她手指的方向，我在路口找到一截高约三米的石柱。曾经的青云联步坊，此刻就剩眼前的这点遗迹。但我知道，它曾经，乃至现在，仍在支撑着一些东西。

青云村，隶属于奉化区萧王庙街道，因旧时有"青云联步坊"而得名，是宁波市十八个"中国传统村落"之一。明弘治十八年（1505），村人孙胜登进士第，官至刑部主事，正德七年（1512）受皇帝赐封，于村中修建"青云联步坊"，村名因此由原来的泉口改为青云。

事实上，这个村落有着远比其得名更加悠久的历史。据《泉溪孙氏宗谱》载：孙氏居此"起自唐时，始祖原甫以奉化令择居泉溪之东"。宋代，村落相连成市，名曰泉口。这里前临门前河，后倚剡江，地势平坦，交通便捷，曾是剡溪航运线上的重要码头之一。

沿着门前河走不远，就能看见一座古桥，掩映在苍苔青藤中，这就是青云桥。古桥建于明代，据说从前从义乌到新昌、嵊州到象山都要经过这座桥，不知有多少人从桥那边的宽窄巷子、高低闾门中走出，从这座桥上经过，或走陆路，或乘舟相，经剡江、奉化江进入甬江，最终进入宁波、杭州、上海和更大的天地，成就 段或波澜不惊或跌宕起伏的行程。

站在桥上，俯视流水，看得久了，会让人有些微的恍惚。仿佛这座桥，也成了一座卧着的青云坊。便捷的交通，的确带给青云村民更多出行的机会，更多融入外面世界和时代的契机。这也是这座小小村落闻人贤达辈出的原因之一。

但这座村庄繁衍兴盛的更多原因，还要从那个孙胜说起。据说这位明弘治年间的进士嗜书如命，曾于村中筑竹庄书屋，由此开启了孙氏家族的一脉书香。接下来是一连串的连锁反应：万历年间工部主事孙能传筑云村书屋，著书立说；乾隆十一年（1746）孙埏办湖澜书塾；光绪二十三年（1897）进士、内阁中书孙锵建藏书楼，俞樾题额"七千卷藏书之楼"；民国年间，孙鹤皋办奉北小学，并购书藏故宅天孙阁藏书楼。

这些蕴含着书香的建筑，不光存在于宗谱的黄卷里，有些仍矗立在古村密密匝匝的民居间显豁的位置。今天留在村中的体量最大、建筑最整饬的，依旧是民国时期孙鹤皋所造的藏书楼。孙鹤皋早年曾留学日本，追随孙中山先生致力于辛亥革命，做过高官，后弃政从商。1930年，他筹资创办奉北小学，对本村学子免学费。他还在村中孙氏宗祠旁建了天孙阁藏书楼，买了五千多套藏书放在楼内，供村民翻阅。

"剡水迄泉口，文澜绕竹庄。吾宗多绩学，此地有储藏。"清代村人孙事伦的诗句，是青云村商路发达、文脉悠长的形象写照。倚江临溪的村落格局，当年带给青云村的，的确是便利的交通、开阔的视野和广泛的人脉。泉溪和剡江接通的水系，仿佛是连接村庄的脐带，给予无数外出打拼的青云人双重的滋养，但它终究不是通向成功的真正路径。

真正的路径，就藏在那些大大小小的藏书楼里，藏在一豆灯光映照的书卷墨香之间，藏在数十年的寒窗之内。孙胜的青云联步坊尽管倒塌了，但它曾撑起的天空，被一幢一幢坚固的藏书楼重新撑起。

仰视藏书楼高耸的歇山屋顶，我看到那些椽檩梁木，经榫卯互相咬合、层层堆叠，它们，和时光一起见证了无数平民子弟、读书儿郎通往上层建筑之路的艰难与陡峭。

7. 乡愁的器皿

莼湖[①]

起初,是一片汪洋似的湖面,是一湖田田的莲叶,
是一只纤纤素手,伸向蜷曲、嫩绿的叶芽。
是湖畔的竹篱茅舍,是茅舍上方润湿、绵白的炊烟。
是炊烟下简陋、朴素的灶台,
是灶台上一碗清白的莼菜羹汤。
后来,是满湖烟波,是风吹过的縠纹和縠纹散开后
空茫的湖水。
是离散的炊烟和消逝的往昔。
岁月的景深一再拉长,
再后来,远山化为眉黛,湖面缩为凝眸。
莼湖,
只是一双细雨中眺望的眼睛,
是眼睑开合时,生出的薄雾和烟岚,
是烟岚散开后露出的两孔深潭,
豢养着两尾
名叫乡愁的游鱼。

---
① 莼湖:奉化地名,以湖得名,因曾产莼,故名。

诗外音：乡愁如鱼满莼湖

来奉化之前，我就听说这里有个莼湖。以我不求甚解的读书习惯，未明虚实，即展开联想。在我的想象里，那应该是一面长满莼菜的大湖。风停浪静之际，自有摇橹的船娘停下来，伸出纤纤素手，去摘刚刚浮出水面的打着卷的莼菜嫩尖。然后再用清凌凌的湖水洗净，和一枚鸡蛋做蛋羹。更讲究的大餐，便是捕来一尾鲈鱼，加上一瓢湖水一起炖煮。一时间，湖水沸腾，莼菜青碧，鱼肉肥白，清香四溢，让人垂涎三尺……

但奉化朋友却迎面向我泼了一瓢冷水——莼湖之于奉化，目前仅是一个行政建制镇之名。莼湖确乎存在过，也确乎出产莼菜，但历经沧海桑田，如今早已消失不见。失望之余，又翻开莼鲈之思的典故温习一番，聊以抚慰众多张季鹰、叶圣陶们经年的乡愁。

中国人的乡愁，大约是老外永远难以理解的国粹之一。无比抽象又无比具体。既能缥缥缈缈停在空中，又能扎扎实实落在实处。如同身体里的经络、脉象，即使借助高明的机器，也无法测定。但是在中国人的认知里，它作为身体的组成部分，的确是最普及的常识，牵着痛处，也带来愉悦。

月亮大约是中国人乡愁共同的老祖母，弯了是思念的钓钩，圆了就是回家的车轮。除了月亮，其余的载体往往各具形态，不一而足。普通人怀乡，走入眼底心头的自然少不了村内老井、村口老树，在北方往往是杨柳榆槐，在南方多为香樟小叶榕。文人喜欢弄出些风雅，像李杜的床前明月、井畔霜露，陶潜的寻常巷陌、墟里炊烟，王维的绮窗寒梅、山间茱萸等，但说到底，还是落在了乡间寻常风物上，乡愁也确乎是最朴素的情感，需要最朴素的介质，唯其朴素方可承载，唯其朴素方见真挚。

无论是风雅还是俚俗，中国人的乡愁，大多集中在了舌尖上。清明麻糍立夏团、端午粽子、中秋月饼、冬至汤粿，到春节时达到高潮。每逢佳节胖三斤，无论是跋山涉水幸运还乡的，还是滞留异乡望眼欲穿的，节日里谈论最多、做得最多的事，就是吃。湘西腊肉、东北杀猪菜、西北手抓羊肉、河北驴肉火烧，此外当然还有金华火腿、安庆臭鳜鱼、长沙臭豆腐，乃至快要孵化的鸭蛋，这些极具地方特色的美食，才是乡愁最好的抚慰。

我是个北方人，生活在南方的时间已经超过了故乡。借居之地，物产丰饶，海鲜冠绝一方。但无论是雪菜黄鱼还是咸炝醉蟹，都不如一碗羊肉泡馍能勾起我的馋虫。人的早年的味蕾记忆实在是过于顽固。

这一点，想必一千多年前的张翰最有发言权。"休说鲈鱼堪脍，尽西风，季鹰归未？"《晋书·张翰传》记载："翰因见秋风起，乃思吴中菰菜、莼羹、鲈鱼脍，曰：'人生贵得适志，何能羁宦数千里，以要名爵乎？'遂命驾而归。"张翰因思念家乡的莼羹鲈脍而辞官归乡的故事，被传为佳话，其本人也因此成了吃货的代言人。当然，张翰辞官的深层次原因，其实是借莼鲈之思避八王之祸。这一点在后人的文章中也有客观的分析，此处不再探讨。但无论如何，莼鲈之思就此成了乡愁的代名词。

自此以后，莼羹鲈脍，屡屡在诗文中出现。前些天拜读奉化沈国民先生的长文《何当小艇莼湖自采莼》，行文洋洋洒洒，几乎把有关莼菜的诗文典故、风物人情一网打尽。而我最感兴趣的，当然还是与奉化莼湖相关的片段。国民先生在文章里引述了清光绪年间奉化《忠义乡志》中的记录，大意是说莼湖边的兴化寺有寺碑一方，传为张翰所书，有人据此推测张翰可能曾流寓奉化莼湖。当然这只是一个推测而已，但张翰与奉化之间的这一段并不确凿的渊源，也给后人留下了更大的想象空间。

　　奉化莼湖之名究竟因何而起？我也曾请教当地的一些地方史志爱好者。据清康熙《奉化县志》载："宋绍兴间（1131—1162）置，积水溉田八百余亩，因产莼，故名，今湖面仅半亩许。"寥寥几句，要言不烦，既然康熙时湖面仅存半亩许，之后消失也就不足为奇了。

　　相对于史志文献，民间传说中莼湖出现的时间则更早一些：据说早在唐代莼湖即以莼菜闻名，一位姓鲁的奉化后生曾专程到长安进献莼菜，久病的杨贵妃喝了莼菜汤后竟然痊愈，唐玄宗便为鲁姓后生的家乡赐名"莼湖"。

　　所幸，近期听闻莼湖镇近些年致力于恢复莼菜种植试验，先后从杭州、建德等地引进莼菜品种，并向杭州西湖莼菜推广中心学习种植技术。为保质保量，还引入舍辋水库上游的优质溪水，几番努力，终于试种成功。因莼菜嫩芽相向卷曲，形似手指，又称"贵妃指"。不仅如此，当地的一些餐饮企业还以此为基础，开发出一系列特色菜肴，让远近的"饕餮客"闻风而来，食指大动。

山河遗墨　061

这则消息我是从报上看来的，迄今尚未得缘一见，却由衷地为莼湖高兴。莼湖，这个早已消失的湖泊，长期以来只是作为一个地理名词流传下来，如今这里终于又重新长出了莼菜，"莼湖"之名得以名副其实。无论如何，这都是一件令人欣慰的事。它让奉化人的乡愁有了真实的依托，而围绕它，如何进一步讲好我们的乡愁故事，让莼菜的清香从舌尖上漫溢扩散，乃至汇成一脉文化的源流，无疑让人更加期待和向往。

栖霞坑

我们赶去时,桃花已谢,但流水的抒写还在继续。
夹溪两岸,就是云水笺的墨格。
穿村而过的溪坑,仿佛气韵悠长的行草,
貌似散乱的布局里,暗藏精妙的章法。
读到式谷堂和润庄几处,功力尤为精湛。
一条通往唐诗的古道,接通的
还有东晋的余脉。
长寿桥、长安桥、永济桥,
依附其上的老藤,早已谙熟
王右军的笔法,枯槁的虬枝扎进石缝,
并且年年开出新花。
这些,同样
隐含书法和世事的精义。
古旧的长安桥上,新添了风雨廊桥,
这短暂的、现世的安稳,
是不是又一代漂泊者苦旅的终点?
桥下的筠溪笑而不语,
但我心中已有答案:
君问归期未有期,
过了栖霞坑,就是亭下湖。

诗外音：桃花坑里可栖霞

考察浙东唐诗之路宁波段，有一个绕不开的地方，这就是掩映在雪窦山山坳深处的栖霞坑。

栖霞坑，旧称桃花坑。这座坑，也许是东支线上承载古诗词最多的地方。作为唐诗之路重要组成部分的东支线，栖霞坑古道连通了新昌、余姚与奉化、宁海等地。时至晚唐，这条古道上的吟咏日渐密集；明清两代，沈明臣、李东门、全祖望等人都曾在栖霞坑留下了诗篇。

雪窦山因海拔较高，常在云雾之中。陆龟蒙在《四明山诗序》中记载"山中有云不绝者二十里"，因此雪窦山一带古称"二十里云"。《四明山志》又记载，桃花坑"在二十里云之南。山岩壁立数仞，延袤数百丈。其石红白相间，掩映如桃花初发，故名"。

桃花坑诗名，最早见于晚唐，继著名诗人陆龟蒙写下九首《四明山诗》之后，作为好友的皮日休相继写下九首和诗。其中涉及桃花坑的，是两首《云南》：

云南更有溪，丹砾尽无泥。
药有巴赛卖，枝多越鸟蹄。
夜清先月午，秋近少岚迷。
若得山颜住，芝鏖手自携。
（陆龟蒙《云南》）

云南背一川，无雁到峰前。

墟里生红药，人家发白泉。

儿童皆似古，婚嫁尽如仙。

共作真官户，无由税石田。

（皮日休《云南》）

明眼人应该能看出，两首诗多隐逸之气和林泉之志。正所谓"山中岁月无古今，世外风烟空往来"，而诗中的红药、白泉以及山里人家安然自在的生活状态也深深吸引着我。

栖霞坑是我到奉化后寻访的第一座古村。除了陆皮二人的诗，吸引我前往的还有另外一个重要原因：据说这里还是王羲之后裔的聚居地。

车子出了溪口镇，沿亭下湖右侧的公路盘旋而上，过董村，沿着狭窄的车道驶入深山腹地，几经周折，终于抵达。

首先映入眼帘的，是一堵明清建筑风格的青砖残墙。一条溪坑穿村而过，两岸是密密匝匝的黛瓦垩墙，但已是十室九空，迎面走来的，都是一些看上去和村庄同样年长的老人。很明显，和很多地方的古村落一样，这是一座渐趋式微的村庄。

来之前做了功课，知道村民姓氏以王姓为主，另有应、周等大姓，居此都有五百年以上的历史。据《四明栖霞王氏宗谱》记载，王氏祖先出山东琅琊，自六朝始迁越州诸暨，后迁明州奉化，唐代末迁入奉化大堰，宋时其中一支迁定海金塘，再返迁四明栖霞坑。《栖霞王氏宗谱》中《题栖霞王氏》云："四明巨室称王氏，繁衍徙居栖霞里。山川灵秀钟多贤，风俗敦丽能说礼。"

环行村庄，除了被村民称为"洽成闾门"的润庄，以及已成为遗址的王氏祠堂"式榖堂"（即村口所见残墙）外，印象最深的，是架在溪坑上的三座桥，分别为长寿桥、长安桥、永济桥。除了长安桥为风雨廊桥外，其余桥体全由溪床岩石搭建而成，薜荔丛生，古藤遍布，线条苍老遒劲，和桥下筠溪的清幽婉转以及两岸错落的屋舍相映成趣，俨然一幅布局精严的书法作品。

略感遗憾的是，问及村中长者，很多人居然对自己的先祖王羲之一无所知。留存记忆中的人事，基本止于清末民初。据说村中原本还有一座明朝时的古宅，名叫"云蒸"，比润庄还要精美，可惜在一场大火中化为废墟。仅存的门楣刻字里，依稀可见"春秋多佳日，山水有清音"的字样。一脉文化的清流，依旧在废墟下回旋。

站在长安桥上凝视，桥下的筠溪潺湲，却从未停歇。忽然想起了一句话："所谓故乡，只不过是我们的先祖辗转漂泊的最后一站。"据族谱可知，王氏家族的后裔，也曾举族外迁，辗转于舟山等地，后来又选择了回迁，之后又相继出山。但我知道，总有一天，他们还会回来。就像筠溪出山，不舍昼夜，然而多少年来从未枯竭。栖霞坑，这盏镶嵌在雪窦山褶皱里的风灯，明了熄，熄了又明。它们，在一个更大的循环里生生不息。

回去的时候，又无端想起奉化《四明栖霞王氏宗谱》中的《桃花坑歌》："岩边笑指云深处，依旧桃花满千树。谁知应梦在名山，几度春风等闲去……回头欲见徐凫仙，拍手招我青崖巅。他年来赴蟠桃会，石上共话三生缘。"

欣逢盛世，乡村振兴。诸多旧宅得到整修，古道上，已重新响起了脚步声。各地游客纷至沓来，重走唐诗之路，感受"连峰数十里，修竹带平津"的诗意风光，落寞多年的栖霞坑，又将重新被点亮。

最后一次去，一幢废弃的学校正在翻新，崭新的黛瓦覆盖了旧式的垩墙。桃花掩映中，铝合金窗户照进了21世纪的光。很明显，这是古老的故乡，也是崭新的家园。

8. 赤堇山下访马头

其一　陪柯平游览鸡鹟古村

一座有着双重命名的村庄，
带来时间的迷局：
四千年前的堇子国，是否真的存在过？
存在于哪里？
身后的赤堇山无法回答，远处的象山港也无法回答。
但这并不影响，鸡鹟鸟在此筑巢、呢喃、生儿育女。
也并不影响，此地先民一千年来的繁衍生息。并且还将
继续繁衍下去。
此刻我正立于案山眺望，天已暮，眼前这片
人间烟火将被最后一缕光线收走。
若干年后，也许今天所有的一切，
都将被那只从历史缝隙里飞来的鸡鹟带回。
时间确如白驹过隙，
在我们到来之前，那匹传说中的马已经消失，
对于我们，它其实并不存在。
我们来时，贻燕堂下那位老人正在假寐，
我们离开时他尚未醒来。
对于他而言，我们短暂的到访并不曾发生。
而对于那些已经长眠的人来说，我们这一代的造访

同样并不存在。

——这就是时间的真相,如同象山港面上闪烁的光波,既是谜面,也是谜底。

其二 马头村

那匹传说中的白马已经隐身于时间内部,
马头墙上垂下的瓦楞草,仿佛它来不及收拢的鬃毛。

惟墅堂的酒巷子里,已闻不到一丝酒香。但酿造
还在继续。

椿荫堂的屋檐下,那位老人还在假寐,
梦里,有一个家族鼎盛时的喧哗。

很多年了,象山港的海面波平如镜。
只有村内的那一口老井,知道每一户人家的那份甘苦。

只有案山上的凉亭,惯看人间烟火
和山间冷月的交替。

这是又一个四月。贻燕堂前,燕子依旧归来,
但堂下的人,已经散落成村后山前的坟头。

只有春草的籽实,
年年开出细白的小花。

只有远处的象山港,
坚持在每一次晨昏,把腥咸的潮汐送上海岸。

诗外音：只有滩声似旧时

一

马头村是我来奉化后最早走访的村庄，也是我一直想写一写的村庄，却迟迟无法诉诸文字。每到伏案提笔之际，总感到千头万绪，思忖再三，终不成诗，亦难成文。这个村庄留下的野史逸闻太过庞杂，可写的东西太多，反而成了负担。

马头村最初吸引我的，是它的另一个名字——䴔鹋。甫一见之，竟不知何字，折腾了半天才勉强把这两个字打出来。总算搞明白，原来就是池鹭。查村庄掌故，才弄清楚其名由来：马头村位于象山港畔，多䴔鹋之鸟，故以鸟名之。

大约是来奉化的第一年暮春时节，著名诗人、湖州师范学院的柯平教授来奉化考察。柯平老师原籍奉化，又是研究江南文化的专家，和他说起马头村，他颇感兴趣，于是一起欣然前往。

接待我们的是一位家住村中的陈姓老师，退休后一直致力于乡村文化的研究整理，对马头村的前世今生有过细致的探究。言谈间提及村后的山冈，当地人叫"银山冈"，老先生神秘兮兮地告诉我们，这个银山冈不简单，事实上叫作赤堇山，就是当年欧冶子铸剑之地。

在我的印象中，赤堇山和若耶溪都应该在绍兴域内。但柯平老师告诉我，也有史料记载赤堇山在奉化境内，附近还有传说中的堇子国。回去翻检史料，在《集韵》中查"堇"字，果然发现如下描述："居欤切，音靳。国名。堇子国，在宁波奉化县东，境内有赤堇山。"

《汉语大词典》中"赤堇山"条："在今浙江绍兴东南，相传为春秋时欧冶子铸剑之处。"据汉袁康《越绝书卷第十一·越绝外传记宝剑第十三》载："当造此剑之时，赤堇之山，破而出锡，若耶之溪，涸而出铜……欧冶乃因天之精神，悉其伎巧，造为大刑三，小刑二：一曰湛卢，二曰纯钧，三曰胜邪，四曰鱼肠，五曰巨阙。"

对比这两处记载，不难推测，欧冶子铸剑处当为绍兴若耶溪北六七里处的赤堇山。若耶溪距离奉化一百多公里，在当时的条件下，往来殊非易事。况且奉化马头村的这座山冈，似乎从未听说有锡矿出产。

如果说赤堇山因有文献记载还好分辨，那么年代更为久远的堇子国却仍是一个谜团。有关堇子国的记载，最早见于何处，已无从考证。学界普遍认为，这是古越人从原始部落群逐渐演化出的一个地方集权制国家，大约出现于四千二百年前。直至春秋末年，堇子国一直是中国大地上无数诸侯小国中的一个。但是这个上古时期的蕞尔小国，为什么名以"堇子"，一直众说纷纭。东汉许慎《说文解字》载："堇，粘土也。从土从黄省。"因此"堇"字的本义可直译作"黄土地"。另外还有一说，即此地盛产堇草（紫花地丁），故名之。但这种说法受到同行的柯平老师的驳斥。对于"堇"字以及相关地名国名的由来，他另有考证。限于篇幅，此处不再讨论。

现在依据史料记载可稍稍梳理一下堇子国的历史演变过程：公元前472年，春秋时代的越王勾践听从谋士计然之谋，起兵灭堇子国，使其成为越地，勾践将计然封在今奉化方桥一带；公元前306年，楚国灭越，堇子国国民臣服于楚；秦汉时期，在堇子国故地设立鄞县，白杜即当时的县治所在。

无论年代如何遥远，这个传说中的方国应该是真实存在过的。但是，这个消失在久远时光中的国度，留给今天的，大约也只有一个略显神秘的"堇"字。我们使用的"鄞"字，即为"堇"和"邑"的合体。今天我们生活的这一片广阔地域变迁的秘密，就藏在这两个单字各自演化和相互组合的过程里。而这，就是这片水土之上文明发生、演化、变迁的过程。

傍晚时分，我们走出徜徉了整个下午的马头村迷宫般的长短弄堂，登上了银山冈的一处突出的山岬——案山。看着远处的象山港渐次聚合的暮色，我忽然感受到了时间的魔法与虚幻。港面上，微茫烟涛正随着下沉的光线慢慢翻涌、漫延，逐渐淹没了脚下的村庄。而当光线收敛，夜幕降临，黑暗中的马头村，与幽暗闪烁的象山港连为一体，已经很难分清那是村庄的灯火还是象山港的渔火。

站在黑暗中感受微咸的海风，我再次意识到，从某种意义上说，光线和时间具有同样的质地。物理空间的真实和时间里的真实，都会因为光线的转换和时间的推移而变得幽暗闪烁、扑朔迷离。

"海客谈瀛洲，烟涛微茫信难求。"更何况，对于古老的堇子国来说，时光已经走过了四千多年，对于这个更加古老的星球来说，时光已经走过了四十多亿年。

二

上面这节文字,我对马头村以及与之相关的赤堇山、堇子国的相关记载做了一些介绍。主要是为了呼应自己在诗歌中涉及的对于历史时间的看法。一个真实存在过的方国倏忽消失在历史的荒烟蔓草之中,不能不让人感慨时间的冷酷与无情。小文在微信朋友圈发出后,有人说我渲染了一种历史的虚无主义。其实这远非我的本意。

我向来以为,面向消逝去思考存在,才更有意义和价值。我也曾不止一次引述过一个推论,即假如现在人类世界因某种不可抗力导致灭亡,大约二十万年以后,地球上基本就不存在人类生存过的痕迹了。

虽然这只是个推论,但有一点是肯定的:若以人来作比,我们的这个星球已渐进中年。即使不受外部因素影响,四十多亿年后,也将寿终正寝。银河系乃至整个宇宙的寿命,尽管接近于无限,但也有走到尽头的时刻。

相比于浩渺的宇宙,人类社会的这一点历史,几乎不值一提。个体的人,更加渺小,如沧海一粟,且生年不满百。有限的时间里,我们能做什么呢?除了探索头顶的星空,还要拓展我们作为人的各个层面的认知。我们生而为人,作为这个星球上唯一的高等动物,在与自然、社会、他人乃至自身的关系中不断累积的认知,最终汇聚成我们心中的道德律和外部物质文明的全部成果。我们身处其中、沉浸其中、享受其中,并且一再发展它、扩散它,向着微茫宇宙传递暗蓝星球上的文明之光,我想这也许就是人类文明存在的意义吧。

扯得似乎有点远了，还是回到有关村庄的话题。

英国诗人库伯写道："上帝创造了乡村，人类创造了城市。"城市的意义不仅在于建筑的堆砌，更在于它彻底改变了基于乡村文明的人与人、人与自然、人与自身的关系。高楼大厦、长街短巷、市井烟火，带给人们的已经是一个全新的生存空间，人们在这里制造梦想，人们在这里重新审视自己、认识自己、发现自己。人不再只是荒野陋巷中的生灵，其社会属性得到了空前加强。

但村庄是人类脱离荒野走进文明的最初最小的驿站，是上帝带给人类的第一份礼物。时至今日，我们依旧可以把《圣经》里描绘的伊甸园当作人类的第一个村庄。但我们今天审视一个村庄，已经没有必要用天文甚至历史的眼光去看清它的来龙去脉。我们已经走到了一个节点，那就是：随着城市化进程的加快，我们这一代人，已经可以清清楚楚地看到无数村庄不可避免地走向消失的结局。

一个不争的事实是，留在村子里的原住民，大多数年岁已老，越来越多的年轻人正在以各种方式离开。个别村庄进驻的民宿业主，或是其他行业的从业者，他们是新型乡村中新业态的经营者，而不是古老乡村的守望者、传承者。他们和土地之间已经脱离了那种相互依存、生死与共的关系，他们的情感和观念里也少了安土重迁的意识，一旦经营出现问题，随时可以离开。

当然事情也许并没有那么悲观。也许我们最终可以找到一种保留、延续乡村形态的有效方式。无论用什么方式，我相信有一点是不会改变的，那就是根植于我们血脉深处的那缕乡愁。无论世事怎样变迁，只要心中那一缕乡愁不断，即使置身异国他乡，一旦故土家园的秋声响起，血脉中的潮汐就会随之起伏。

马头村，据史料记载，始建于唐末，迄今已有一千多年的历史。据宁海《窦川园里陈氏家谱》记载：唐末天佑二年（905），陈姓怀琪公为避战乱，自福建长溪（今福州一带）迁居到此。一千多年间，这个村庄几经兴衰，仍奇迹般地生存下来。虽然在明清之际，沿海居民几经海禁，整体被迫迁徙之后，这个村庄最终得以恢复。

搜寻马头村的相关文献，发现这个弹丸小村因其濒海的地理位置，有着与许多沿海村落相似的命运。自元末明初开始，就屡遭倭寇侵犯。明末清初，郑成功抗清，张苍水反清复明，东南一带战事不断，沿海居民深受其苦。清顺治十三年（1656），清政府为了断绝郑成功部的物资供应，下达"禁海令"。顺治十八年（1661）颁布更加严苛的"迁海令"，强迫沿海居民内迁，毁船焚屋，坚壁清野。马头村也因此沦为废墟。直到康熙二十二年（1683），"迁海令"解除，流落他乡的马头村人才陆续返回故土，重建家园。

马头村内，现存最古老的建筑惟墅堂，就是村人重返家园后建成的。之后又陆续建造了义门堂、下仓屋、老后头园、新后头园、金茂房、水源屋、老七家、后新屋、拙楼、王淮房等一批家宅民居，几代人筚路蓝缕、惨淡经营，最终形成了可观的村落规模。走在按照修旧如旧的原则修葺恢复的古老墙弄之间，我们似乎能够体会到历史缓慢滞重的一面，体会到村庄的某种亘古不变的属性。

就像贻燕堂前年年归来的燕子，就像村后山间那些长眠的村民坟前年年开出的小花，它们其实是在用另一种方式守望着村庄。就像村子中间，一脉村民饮用、浆洗的泉，流量细小，然而多少年来却不干涸。细微的波澜，应和着远处象山港的潮汐，也应和着离乡背井的远方游子心底的波澜。

　　"一千五百年间事，只有滩声似旧时。"不管未来社会如何发展，未来我们的生活形态怎样变化，村庄作为人类童年的居所，将永久留存于人们的记忆中，一代又一代人，将沿着其生物学、社会学双重意义上的基因密码，一次次重返源头。而我们能做的，只有祈祷一个又一个古老村庄，都能够找到延续它的一脉活水，长久地存在下去。

9. 废墟与暗礁

在废弃的采石场

如果不是熟人带路,
我不会找到这里。

裸露的山体已经重新被荒草掩映。
一株芭蕉,从被凿开的石缝里长了出来。

那些被运出去的石头,变成了漫长的道路、
高耸的建筑和不朽的功绩。

这些山体留下的矿坑,
已经成为落叶和山雨的载体。

"一将功成万骨枯。"
我想到雨水中的金字塔、古罗马斗兽场和
迦太基庭院。

我想到被钢钎磨出的老茧、结痂的血泡、
弓起的腰背和青筋暴起的小腿肚。

很多年，那些叮叮当当的斧凿声，似乎还在
敲打历史的骨头。
那些被斧凿出的火星，还在词语的矿洞深处闪烁。

有多少功业被树立，就有多少深坑被挖出。
有多少石头被运出，就有多少深坑被雨水封存。
时间充当了所有事物的天平。

不会被更多的喧闹打扰，
我们走后，寂静将重新统治这里。

那些伟大的遗址，将在远处的雨水中继续腐烂，
这些岩石裸露的伤口，将继续考验时间
和草木的耐心。

诗外音：剩有寒螀泣残砾

在之前的一篇诗歌创作手记里，我曾经强调过这样一个观点：一首诗的诞生，往往是作者的个人际遇、阅读经验和生活现场共同作用的结果。生活现场提供的是写作背景、物象细节以及诗歌生发和完成的可能性。这首诗也不例外，它来自我的一次爬山的经历。这首诗里提到的诗歌意象采石场，有一个具体的现场，即位于奉化南山的一处山坳。

大约是去年冬天，我听一位朋友说南山上有一处采石场遗址，初采于唐代，后经各代陆续开采，大约在20世纪50年代废弃。问我有没有兴趣过去一看。

我那时住在南山路，从办公室的窗口远眺，目光越过人声鼎沸的惠政街，就能看到南山。虽然我并不"悠然"，但是南山这个名字和眼前的峰峦的确很吸引人，尤其是夜晚，南山灯火璀璨，凝视之际，很容易让人进入恍惚之境，想到历史上很多以南山命名的山峰以及相关的典故。有很长一段时间，我一直在琢磨以南山为题写一首诗。于是欣然前往。

以我四体不勤的状态，爬山的过程不堪回首，总之，经过一段对我而言算得上艰苦的跋涉，我们终于站到了南山顶。而去采石场，还要从山顶后侧的一处荒草掩映的山道上蜿蜒而下。又经过大约二十分钟的踉跄，我们总算站在了一片废弃的采石场顶端的岩头上。

俯瞰之下，感觉这片采石场规模并不大，也谈不上壮观，但还是让我震撼。陡峭的崖壁上布满斧凿的痕迹，整齐而有规律，一直延伸到很深的沟底，其中有些已被各种茂盛的草木覆盖，有些则被深绿的潭水淹没。

我试图拍几张照片，但是走了好几个塘口，换了多个角度，都很难拍到它的全貌。那些深不见底的坑，已经灌满雨水，崖壁上的凿痕，在镜头里不再清晰。有些因为雨水的冲击变得更加模糊，有些还覆盖了一层青苔。就连凿出的牛鼻孔，也被几株碧绿的芭蕉占据——宽大的芭蕉叶正试图延伸到更多的山石裂口里。

顺着狭窄的石阶走到崖底，再向上看，刀劈斧削的崖壁更加高耸，甚至有森然之势。被凿开的岩坑依旧裸露，但颜色已经接近目前的山体。总体感觉仍称得上惊心动魄。这是多少血肉之躯一凿一凿、一代一代蚁啃蚕食般在大自然的肌体上留下的痕迹啊！

时间已经隐藏了太多，但站在这里，你依旧会为蛮荒时代靠粗陋工具完成这一切的先人们的坚毅辛劳感到震撼。

那么，眼前的所见是否能支撑一首诗的完成？能，也不能。

事实上，我需要寻找更多有意味的事物，并调动更多的想象力。我要用来自现场的细节和我的阅读经验之间的某些隐秘关系，来建构诗歌的隐喻系统。

这片废弃的采石场，因为隐藏在山坳里，因为人迹罕至而寂静得可怕。但这里曾经是一个多么喧闹的场所：工匠们沉重的抡锤声，挑夫们艰难的喘息声，监工们高声的咒骂呵斥，被开山锤砸破手指、被滚落的石块砸断脚骨发出的痛苦呻吟和惨叫声。仔细聆听，风过处，凿斧声仍有空谷回音，鞭笞咒骂声依旧不绝于耳。

石块滚动，每一段都要阻挡一下，否则巨大的石块可能会因为速度太快而滚落山体，造成更大的损伤。尽管如此，采石场依旧是受伤概率最高的劳动场所。高高抡起的大锤，每一次落下都必须准确无误，稍有差池，就意味着伤残。高强度作业，最容易损伤腰椎。那些震裂的虎口、损伤的腰椎和疲惫不堪的躯体无处不在。

纵览历史，有哪座宏伟建筑不是工匠们用血肉之躯，借助原始简陋的工具开凿、搬运，不是他们筚路蓝缕、披星戴月、艰苦奋斗数十年垒砌的呢？

但他们是谁？他们后来去了哪里？史书不载，民间不传。只有眼前崖壁上的凿痕、深不见底的水潭和依旧光滑的石板路，见证着当年的喧闹和苦难。

规模更宏大的龙游石窟、绍兴柯岩，史无详书；即使是我们熟知的被视为世界奇迹的古埃及金字塔、古罗马斗兽场、古希腊神庙、迦太基遗址和塔希提岛上的巨人像，这些巨大石砌建筑的建造者也都未曾留下任何记载，更不用说采石者了。他们原本就是命贱如草芥，沉默如山石。

而我们知道的，是一块块被运送出去的石块，变成了道路、建筑，彰显着城邦的巍峨、帝国的华美和君王的威严。

然后呢？然后就是历史的轮回。泰极否来，否极泰来。时间在煮雨。时间在一遍遍重新洗牌，借助风雨、兵燹、战乱、饥馑和无数个世纪的荒凉，把它们重新变成废墟。

"阁中帝子今何在？槛外长江空自流。"这中间，多少是非灰飞，多少爱恨烟火？多少丰功折戟，多少伟业沉沙？多少章台坍塌，多少铜雀倾颓？

只有被凿空的山体和远处落日下坍塌的废墟，在相互印证着。是的，有多少功业被树立，就有多少深坑被挖出。有多少石头被运出，就有多少深坑被雨水封存。

时间充当了所有事物的天平。

貌似是非成败转头空，但历史的车轮滚滚向前，人类文明就在这样的轮回中薪火相传，而价值和意义就在这文明之火的一暗一亮之间闪烁。

回来以后，在灯下翻书，想搜索一些有关南山采石场的资料。除了几篇游记类文字稍稍提及，有关它的开采年代、开采原因和采石者的大致情况，都语焉不详。

查资料时，倒是发现很多关于采石场遗址开发利用的建议。有人建议把它和南山塔、碑亭、南山寺组合起来，建设一个历史文化公园。这个建议我赞成，但是希望不要在废墟上建，而是保留它的现状。

希望把修复大山伤口的事交给草木、雨水和时间。而我们需要的，恰恰就是这样一份耐心。

覆船山

时间过于久远,让一些真相变成了传说,
也把一个名叫夏墓渡的渡口叫成了河姆渡。

当我摆渡姚江,来到南岸远眺,
覆船山,像一艘绿色的船,静泊在时间的深海。
山顶雾气依旧氤氲,类似你头顶的白雪,也类似
当年的天下运势,一个又一个谜团。

"天下有道则见,无道则隐",
而在二者之间,即便睿智如你,
也仅仅,多看了二十年。
但现在,时间已经过去两千多年。

大隐、古林、黄贤,你生前归隐的地方,
如今声名日显。唯有你归葬的覆船山,
它的确切方位、名字由来,
成了另一个诡异的谜团。

八百余年后,
另一位帝王主动说出了它和水之间的秘密。
这些也许你早已明白。
但它具体的方位依旧众说纷纭。

我曾去过就近的一处，静伏于象山港畔。

现在是盛世，象山港海晏波宁，

覆船山，已不在水中行走，

它已经摆脱了那个简单的隐喻，

它的隐与显，已经与潮水的起伏无关。

诗外音：时光中的暗礁

大凡有点文化常识的人，恐怕没有不知道河姆渡的。作为已知最早的新石器时期文化遗址之一，它在稻作农业、干栏式建筑、纺织和水上交通方面的考古发现，直接改写了中华文化史，让中华文明的源头从之前单一的黄河流域，扩展到了长江流域。

学生时代学历史，有关河姆渡文化的相关题目是必背必考的，几乎算得上烂熟于心。但是，那时从未留心过"河姆渡"一词的意思。

到奉化后，有一次查阅有关夏黄公的资料，才发现，原来河姆渡是夏墓渡的谐音，而夏墓就是夏黄公的墓冢。

夏黄公，姓崔名广，字少通，奉化大里黄贤人，秦汉之际的著名隐士，与绮里季、东园公、甪里并称为"商山四皓"。秦末天下大乱，四位隐士为躲避战乱而隐居商山，汉高祖曾召其入官辅佐太子。

有关四皓出山辅佐汉惠帝刘盈的情况，《史记·留侯世家》中有更详细的记载。大意为：刘邦曾多次邀请他们四人出山，但都被拒绝了。后刘邦欲改立戚氏所生的赵王如意为太子，吕后听了很着急，张良就献策请来了四皓以辅佐太子，终于保住了刘盈的太子之位。但在刘盈即位后，朝政大权旁落其母吕后，四人预感报国无望，又重新归隐山林。

据说夏黄公后来回奉化大里乡隐居，并在鄞西一带行医，终老于黄古林（一说终老于夏禹故里，今四明山石钮村），享年九十余岁，葬于余姚姚江南岸的覆船山（一说归葬于奉化区黄贤村）。村民为纪念他，将覆船山附近的一座渡口称为夏墓渡。因当地方言"夏""河"音似，夏墓渡慢慢变为河姆渡。

有关夏黄公，还有几个枝节可以岔开一说。一是据说他和那个著名的"圯桥三进履"故事中的黄石公实为同一人。但也有人坚决予以否定，对是否确有夏黄公其人持怀疑态度，甚至还有人援引文献考证出商山四皓原本只有两人。二是认为夏黄公确有其人，为齐国人，但在当时落后的交通条件下，他到底有没有千里迢迢到过浙地却是个问题，而他的墓葬究竟在何处更是谜团。

无论是传说还是文献记载，历经时代变迁，难免真假难辨。更何况也不排除人为删改以致以讹传讹的可能。自古至今各地都有抢占名人资源的情况，把一些名人传说和所在地域风物关联起来，以增加所在地域的文化厚度。反正对方也拿不出什么证据，那么大家不妨资源共享。久而久之，自然真假难辨。

我无意做考古评述，这不是诗歌的任务，诗歌要捕捉的，是隐藏在历史文献缝隙里的那些神秘细节，从而进一步探究事物背后的隐秘意味。

在查阅资料时，我对文献中屡次提到的覆船山产生了兴趣。

覆船山，最早最负盛名者，在安徽境内。后来周边各处多有同名者，皆源于此。安徽境内的覆船山原名羽山，俗称歙县南山，位于黄山歙县金川乡，现在被开发为大光明顶·搁船尖风景区。徽州大儒郑玉《师山文集》记载："歙南有山突起，介乎徽杭建德之交，曰覆船山者，为一方祈祷之处，神龙之所宅也。""东西两天目，龙飞凤舞，始尽发其灵秀。"

江浙闽沿海一带，多有山峰以此名之。较为有名的，有福建惠安县西、建瓯市南、上海青浦、余姚河姆渡南岸以及奉化象山港畔的覆船山。这些遍布各处的覆船山与安徽的"祖山"究竟有何渊源，此处不多讨论。我们还是继续关注余姚的覆船山。根据可查到的资料，无法确定余姚覆船山是因夏黄公名之还是在此之前就已存在。但有一点是肯定的，夏黄公选择此山作为自己的长眠之地，并非随性而为，而是"当有深意存焉"。

首先，覆船山的命名大有来头。传说是大禹所乘之船，因巨浪翻船而化。《太平御览》卷四四引《十道录》："覆船山。尧遭洪水，维舟树下，船因覆焉。"这里无论是尧还是禹，都应是上古传说中的一位帝王。

而在后世的演化中，覆船山的地位可谓日益提高。覆船山以其地势险要，集"奇、门、遁、甲"之象于一身，历来就是秘密练兵之地，也是僧道修身隐匿之所。到后期，逐渐发展成一个完整的儒、释、道三教合一的圣地。读过明史或看过武侠小说《倚天屠龙记》的读者应该知道，搁船尖上的光明顶是明教的发源地和总舵遗址，因为暗藏了太多难以言说的秘密，后来被朱元璋封山六百年。

"覆船山"一名，本身就隐藏着"救倒悬器""救倒悬山"的意思。覆船山的主峰曰搁船尖，代表以大智慧登彼岸，也是回家的意思。商山四皓之一夏黄公，不可能不知道这些，以及选择墓地的重要性。可以说，这个山名，既隐含着朴素的真理，也暗藏着神秘的数术。即使从最简单的水与船的辩证关系去体会，我们也能感受到它的非常之意。

这里不妨简单梳理一下古人对舟与水辩证关系的认识。大家耳熟能详的，应该是唐太宗李世民与诤臣魏徵之间的对话。魏徵在著名的《谏太宗十思疏》中写道："怨不在大，可畏惟人。载舟覆舟，所宜深慎。"唐太宗对魏徵的这一观点十分欣赏，多次引用和发挥。他在《论政体》一文中说："君，舟也；人，水也；水能载舟，亦能覆舟。"

夏黄公当然听不到后世这对君臣的对话，但他肯定知道这个道理，因为类似的言论，其实有更早的源头。

战国时，著名思想家荀况在《荀子·王制》篇中说："君者，舟也；庶人者，水也；水则载舟，水则覆舟。"《荀子·哀公》篇亦有孔子与鲁哀公的一段对话："且丘闻之：君者，舟也；庶人者，水也。水则载舟，水则覆舟。君以此思危，则危将焉而不至矣？"

大道至简。荀子从自然界中领悟到了民众的力量，并且看到了这种力量和统治者之间相互依存的关系。这个观念，对历代统治者处理君与民的关系，无疑起到了积极警示和诫勉的作用。

夏黄公所在的时代，距离荀子并不遥远。他肯定了解水与舟、民与君的关系，遵从着"天下有道则见，无道则隐"和"从道不从势"的安身立命的准则。在王道不存的年代，他归隐；在天下需要他的时候，他又"仁以为己任"，毅然出山。

商山四皓愿意辅佐刘盈，并不是因为刘盈有仁义之心或是可塑之才，而是看到了太子遭遇废弃可能会引发的乱象以及由此带来的兵燹之虞。

后来，汉惠帝刘盈即位之后，因缺乏经国理政之才，权柄落于吕后之手。但此时天下大势已定，四皓遂各自归隐。夏黄公最终归葬余姚覆船山，托体山阿，让整座山成为一个符号、一个警示，提醒着现世和时间长河里如过江之鲫的来往之人。

在奉化尚桥，同样有一座覆船山，距离夏黄公故里裘村镇黄贤村十余里，距离象山港也并不算远。黄昏之际，当我来到象山港畔眺望，依旧能想象它曾经矗立海边的样子。沧海桑田，也许若干年前，象山港的海波就曾在它的脚下起伏。而此刻，在夕阳映照下，它像一个明亮的细节，吸引着我去反复探究。而随着光线下沉，暮色四合，它暗下来的身影，则像一座暗礁，隐藏于时间的深海。

今天的大多数人，或许已经没有时间和兴趣去深究那些潜藏于历史暗缝里的意味。遍布各处的覆船山，有些已被谐音称作福泉山，有些则被讹化为福寿山，失去了它原有的意味。但是，山水有大美而不言，而其深意自存焉。总会有人挑灯夜读，去解读那些潜藏在史书角落里的意味。总会有人在一次又一次的苦旅中，去探寻那些隐藏在激流险滩间的秘密。然后，在人世和人心中，树立起覆船山巍峨的身姿，让它再次成为一个明亮的细节，一个深度的隐喻，向着滚滚而逝的时间之流，发出庄严的警示。

10. 栖心之寺

九峰禅寺观牡丹

一种来自中原的花，隐居在江南的一座古刹。
白色花瓣，明黄的花蕊，
看上去平和、纯净，
时光似乎已经磨平它的锋芒。

据说九峰禅寺几经焚毁，但这些来自唐朝的牡丹
却奇迹般地幸存下来，
并且为周边的山乡，留下一个古老的节日，
一个用于清洁的日子。

它究竟是怎么来的？花圃边巨大牌匾上的传说，
隐约道出它被流放的身世。
而我误入此处，
原本是为了寻找一个不戴口罩的春天。

禅房花木深。曲径
总是通往幽微之处。
历史，总会有一些令人费解的事，藏在史书的缝隙里。
也总会有一些事物，执拗地留存下来，

为那些散佚在时光中的秘密提供实证。

山野禅寺已无圣旨，这些花似乎也不畏惧病毒，
它们只听从自然的律令，
一年一度，在春风里开出硕大、洁净的花朵。
浮动的香气里，仍旧隐含着某种叫作风骨的东西。

诗外音：牡丹的肉体及精神

遇见九峰禅寺是一场意外。在九峰禅寺遇见牡丹，是意外中的意外。

周末回象山，尽管这段时间高速公路免费，我还是选择了走沿海中线。车子驶出金海隧道后，我把方向盘向右一打，拐向了路边的九峰山水库。

之前每次来奉化，途经桐冒线时，老远就能看到前面的一座水库，但一直没机会上去看看。近期疫情已经缓和下来，但在人多的场合，还是不敢轻易摘掉口罩。这次看时间尚早，天气也不错，想着春日里的水库边，人应该不多。刚好借此机会，去水库边散散心、呼吸呼吸新鲜空气。

登上大坝，我摘下口罩，一边顺着东侧的山路往里走，一边感受吹面不寒的杨柳风。湖光山色悦人眼目，呼吸着温润的、似乎带着一点清甜的空气，连日来的紧张情绪一下子放松下来。

峰回路转，忽然看见一座寺院。山门高耸，飞檐斜出，看上去颇具规模。似乎有些年代了，木建构的门楼，油漆已经剥落。走到跟前，门开着，但没有香客，也不见僧人。空气里似乎也没有寻常寺院浓重的檀香味，反而有一股若有若无的清香。

循着花香走进去，忽然看到右手边的一畦牡丹，原来我在大坝上闻到的若有若无的清甜气息就来自此处。

也许是花期未到，大多数牡丹还只是蓓蕾，鼓着一个个婴儿拳头大小的花苞。只有零星几朵，估计是提前感知到了春日的召唤，已经迫不及待打开了碗口大的花盘。白色的花瓣，明黄的花蕊，映着寺院古旧赭黄的僧墙，让一座略显寂静和破败的禅院一时明媚起来。

恕我孤陋寡闻，我原来以为牡丹是北方花卉，盛产于河南洛阳和山东菏泽。寓居甬地二十多年，这是第一次看见直接种在地里的牡丹。这些牡丹是本地品种吗？还是从外面引种的？带着疑问，我仔细读完了花圃边巨大牌匾上的文字说明，是一则有关牡丹仙子的传说。

前半部分文字依旧是我们熟知的故事。记载长安牡丹不听武则天"花须连夜发，莫待晓风吹"的圣旨，被发配到洛阳的大致情况。后半部分续貂为：其中一株化为仙子，开了小差，南向而行。于是几经辗转来到鄞湖地界，看到九峰禅寺附近景色秀美、人迹罕至，于是决定居留于此。后来禅寺内突然长出两株牡丹，花如云锦，灿若朝霞，吸引了众多的人前来观看。由于花期恰好和人们水边出游的上巳节重合，于是每年三月三，人们便到九峰禅寺拜佛祈福，观赏牡丹，久而成俗。

很明显，这种桥段应该是附会，但这个传说中提到的上巳节引起了我的兴趣。上巳，一个古老的节日，早在商周时代就已存在。《论语》中记载的"浴乎沂，风乎舞雩，咏而归"即与它相关。很多文献把《论语》记载的这一行为解释为孔子赞成曾皙不慕权贵、向往闲云野鹤般的生活和归隐山林的志向。但事实上，这最初是一个水边的祭祀活动，为周礼之一。主要是通过洗濯身体，达到除去凶疾的目的。因此在曾皙说出自己异于其他几人的志向之后，孔子喟然叹曰："吾与点也。"孔子一生倡导积极入世，致力于恢复周礼，怎么可能会赞同林泉之志呢？

无法考证上巳节具体起源于何时，但考察现存文献，能够看出这个节日在历代发展演变的过程。《诗经·郑风·溱洧》记载了先秦时郑国的上巳习俗。在溱水、洧水边，每年上巳，青年男女都会到水边游春采兰，互赠信物。到了魏晋时期，又有借修禊之名举办的曲水流觞活动，并形成咏诗论文、饮酒赏景的上巳习俗。宋以后，受理学约束，这种临水宴饮的习俗也日渐式微。最终，这个节日的习俗并没有在汉民族的日常生活中保留下来，倒是一些少数民族，由此演化出很多习俗和节庆活动。

说完上巳，让我们把话题再次移到牡丹上来。一株花、一棵树，因其独特的生物特性，历经各种价值观的审视，被赋予一种风骨，其实并不奇怪。奇怪的是，提到牡丹，人们好像忘记了它抗旨不遵的传说，联想到的往往是它的国色天香，它的雍容华贵。"牡丹，花之富贵者也。"南宋理学家周敦颐的一句判词，让牡丹一度成了物质和肉欲的代名词。

无独有偶，当代诗人西川也曾写过一句诗："就像牡丹只有肉体，菊花只有精神。"对菊花和牡丹的文化隐喻质地从诗意层面做了概括。这话放在通常的语境里肯定没错，但是换一种语境，我们也需要为牡丹"平反"。比如前文提到的它们的开放只听从于节令，遵循着常识常理，并不轻易屈从于某种权势，这显示出一种叫风骨的东西。而当它的花期遇到上巳这种节日，又被赋予一种自洁内省的精神。时至今日，当这种自洁内省的意识成为一种稀缺品质时，尤其显得珍贵。

所以在九峰山遇到牡丹，又遇到有关上巳节的记载，对我来说，的确是一个诗意的巧合。这是一种不媚权势的风骨与祓除自洁的精神的相遇。一个古老的节日，除了保存在史书的夹缝里，也保存在了真实的大地上，保存在了民间。而一株僻居深山禅寺的牡丹，也让我无意中重新感受到古老文化传递出来的辉光，这不能不说是一种神秘的机缘。

在盯着牡丹的时候，我意识到，悖论其实无处不在，无论是历史中还是现实中。比如现在，越是幽远、清冷的事物，反而越成为人们热衷于寻觅、趋之若鹜的东西。当更多的梅从山坳移栽进庭院，当更多的菊从篱下搬上窗台，当更多的兰从幽谷供上桌案，我觉得应该有足够的理由，对隐身栖居于山林的牡丹，持有更多的敬意。

最后一句，我想说的是：其实根本没有必要纠结九峰禅寺里的这个有关牡丹的传说是否真实，因为传说即民意。民意发自人心，如一脉泉水，时隐时现，但从不断绝。

栖心之寺

一座闹市中的寺院。它的建造者
是否选错了地方?

大殿前的楹联,给出了解释:
僧似山中习静,栖心大自在,
即喧即寂,始知尘世有深山。

它的确经历过深山般的孤寂,
在那些艰难的岁月。

最艰难的时刻,
七座塔,紧缩成七炷明明灭灭的香火。
细弱,微小,但终不至于熄灭。

现在,伽蓝七堂整饬完整,
千手观音造像庄严。

而我最感兴趣的,是寺院西侧,一处小小院落。
木构件的建筑,隶篆相间的笔意,
让寺外,那些草芥般奔走的灵魂,
获得了短暂的安宁。

那是在初夏骄阳下,

一块题作"栖心"的图书馆匾额，
突然给了我顿悟：

此刻，我正走在明亮的午夜。
此刻，我正走在一炷香的深处。

诗外音：月西之下，可以栖心

恕我孤陋寡闻，寓居甬城已逾二十载，自以为也算是大半个土著了，对这一方土地，虽然谈不上了如指掌，但举凡稍稍有名气的去处，应该没有不知道的。但那日接到作家协会去七塔寺采风的通知，着实让我一头雾水。在网上查了一下，才发现七塔寺就在甬城市内。这么多年，我对眼皮底下的这座禅寺竟一无所知，着实让人汗颜。

因为会前接到任务，要求写一篇有关月西法师的作业，于是上网忙活一番，对这位七塔寺中兴之师的生平事迹进行了粗略了解。但对于应该写点什么，还是没有理出头绪。幸好在会上，得到一本有关月西法师的论文集子，心里才稍稍安定。

记得那日在座谈会上，一位名叫可祥的法师和来自国内诗歌界的大咖谈禅论道，口吐莲花，语出不凡。据说可祥法师正是月西法师的嫡传弟子，这更加激起了我对月西法师的好奇。回来后细细翻阅手头的这本《月西法师研究》，总算对这位高僧大德有了初步的认识。

七塔寺给的资料，对月西法师做了如下介绍：月西法师（1915—1993），本名月熙，后来改名月西。他俗姓高，名祥麟，台州温岭人。十四岁考入闽南佛学院就读。抗战期间为慈溪金山寺监院，积极支持抗日救亡运动，将僧舍用作新四军浙东纵队三五支队驻地，并为部队筹措粮食、药品，乃至被投入监狱而初心不改。1950年筹备成立宁波佛教协会，并当选为首任会长。国家恢复宗教政策后，开始着手恢复七塔寺，并指导修复了天童寺、阿育王寺、雪窦寺等多所道场，为宁波佛教的复兴做出了重要贡献。

僧者，在一般人的印象中，大都与青灯古佛为伴，不食人间烟火，克制人欲，一心持戒，研习经典，穷极法理。天下太平，僧人不问世事，一心吃斋念佛，修身养性，固然可敬。生逢乱世，更有一批僧人，身在空门，眼观红尘，心系社稷苍生，反而成就了一生的功业。这种例子，在历代高僧大德中，屡有出现。远的不说，民国时期四大高僧虚云、印光、弘一和太虚法师莫不如此。太虚法师提出了"人生佛教"的思想，弘一法师更有著名的"念佛不忘爱国，爱国不忘念佛"之说。时至当下，著名的星云大师，更是这一流风的集大成者。

四大高僧都曾以不同的方式推进佛教改革，太虚法师更是进行了教理革命、教制革命与教产革命的积极尝试。"人生佛教"思想深刻影响了一批志在革新的青年僧众，月西法师正是其中的佼佼者。作为太虚法师的再传弟子，1931年月西法师考入太虚法师主持的闽南佛学院精研佛法六载，深谙祖师的佛学思想精髓。之后，不但曾听太虚法师弟子芝峰法师讲经说法，还拜太虚法师的另一弟子亦幻法师为师，后来又亲炙于太虚法法师，陪同师公遍访宁波各大佛教道场，对太虚的"人生佛教"思想体悟渐深，终成弘化一方的佛门法将。

这本《月西法师研究》，对法师一生的佛学思想和行状贡献都进行了谨严深入的探讨，限于篇幅，笔者不再赘述。复观法师一生的行状，在我看来，最值得称道的正是他在那个特殊年代，以一颗虔敬向佛之心，冒天下之大不韪，忍辱负重，惨淡经营，守护一盏青灯终不致熄灭的艰难历程，乃至恢复佛教政策后，如何筚路蓝缕，聚沙成塔，一步一步恢复七塔寺产，一点一点扶起倒下的信仰。设若没有对佛守中如一的强大信念和"人生佛教"的兴教理念，是无论如何也做不到的。举凡爱国爱教、办厂办报、中兴七塔，无一不是对"人生佛教"理念的忠实践行。

与会期间，还有幸获赠一部《史话七塔寺》，仔细翻阅，七塔寺几经损毁、几经复建的历史历历在目。今天的七塔寺不但恢复了许多损毁建筑的原貌，而且更具规模和庄严之相。作为典型的伽蓝七堂布局，这里的一堂一院、一砖一瓦，都在无声无息地传递着佛理的曼妙和法相的庄严。

我们造访时，正值春末夏初。绿树成荫，花团锦簇，一池澄澈见底的清泉，数十条锦鲤怡然自得地往来嬉戏，确若空无所依，仿佛柳子厚笔下小石潭的意境，又无时不在印证佛法的明心见性。

在众多的廊屋殿堂间徘徊穿梭，一边游目骋怀，一边感慨不已。一圈下来，竟然有微微的眩晕感。而恰在此时，来到了一处相对清幽的院落。甫一进门，抬头看见匾额上的"栖心"二字，让人一怔。字在篆隶之间，写得平心静气，却仿佛沾染了临济宗机锋凌厉的禅风，有如一声峻烈的棒喝，让人顿时醍醐灌顶般静默下来，若有所悟。

忽然想起古老的《诗经》里的句子："衡门之下，可以栖迟。"数千年前，我们的先民心心念念想着如何拥有一间房子来栖身。有了栖身之处，又需问心何处归去来，发出"此心安处是吾乡"的感叹。如今的七塔寺，寺舍精雅，禅味馥郁，确是一方理想的栖心之地。

时近正午，日影渐短。当眼睛和心聚焦于其上的时候，仿佛打开了单反相机大光圈,周围的一切都变得虚化,只留下一些眼角的模糊光影。又让人无端想起遥远的北宋元丰年间的一次著名的夜游:

元丰六年十月十二日夜,解衣欲睡,月色入户,欣然起行。念无与为乐者,遂至承天寺寻张怀民。怀民亦未寝,相与步于中庭。庭下如积水空明,水中藻荇交横,盖竹柏影也。何夜无月?何处无竹柏?但少闲人如吾两人者耳。(苏轼《记承天寺夜游》)

一篇精妙的散文,真实记录了苏轼被贬黄州后的一个生活片段。短短百来字,如行云流水,一气呵成,行于所当行,止于不可不止。既写出了他与张怀民的深厚友谊,也饱含着他对知音甚少的无限感慨。如果联系此时他被贬的身世,不难体味字里行间壮志难酬的苦闷及他善于自我排遣、乐观旷达的人生态度。

如果说苏子为我们描绘的是月下静夜的一份闲适,那么在七塔寺,在栖心图书馆,我瞬间感受到的,是一种近正午时深山的寂静之音。彼时的感受,可以用诗人蓝蓝的一句诗来形容:

午间。村庄慢慢沉入
明亮的深夜。

第一次读到蓝蓝的这首题为《歇晌》的诗,就给了我极大的震撼，仿佛世界瞬间安静下来了。它唤醒的不仅是我童年时期的乡村经验，而且还有我对于诗歌所能达成的使命的基本确认：诗歌不关乎什么说教，也不关乎什么表面高深的东西，它从根本上讲只是心灵如何生动形象而活泼自然地体认自身和所有外部世界。多年后同样的感受在七塔寺的栖心阁又出现了，这不能不说是一种隐秘的机缘。

我想这一方面源于我们对于乡村生活及其心灵状态的深切体会；另一方面也源于我们对包括禅宗在内的中国传统文化所崇尚的禅修顿悟的体认。一颗纯粹的诗心和一片纯净的佛门之地，有着天然的联系。无论外部环境怎样，我们跟随诗歌纯真质朴的心灵或禅机指引，就能面对一片纯粹、本然的生命的寂静，听到生命原初毫无污染的声音，它的存在是原生的，正如一首完美的诗和一句机锋暗藏的偈语。

回去后翻阅资料，发现有关栖心图书馆的介绍。馆在整个七塔寺的西侧，是寺院西扩工程的主体建筑之一。这块地之前也曾被征作他用，正是在月西法师等一批僧众的努力下才最终得以回归七塔寺，成为一块难得的清静之地。因七塔寺曾名栖心寺，加上佛门原本就有的修身养性之义，于是便有了栖心图书馆的正式命名。但我以为，这其中也同样包含着创建人可祥法师对恩师月西法师的崇敬与缅怀。月西之下，可以栖心。今天的寺众和广大市民，只要与栖心寺有缘，均可以说是沐浴在月西法师传承弘扬的"人生佛教"里面。

除了提供僧众研习的佛经，馆内还有国学典籍、唐诗宋词之类的藏书八万余册，供市民浏览借阅。甬城市民只要愿意，可随时来馆中阅览，听相关的讲座。坐在散发着淡淡檀木香的书阁内,把自己暂时从不远处的十丈红尘中解脱出来,体验一刻寂静,不能不说是一种难得的精神修炼。正所谓:心无物欲,即是秋空雾海;坐有琴书,便成石室丹丘。正如七塔寺圆通殿前的对联所撰:僧似山中习静,栖心大自在,即喧即寂,始知尘世有深山。栖心图书馆自开馆以来,已经累计举办公益讲座四十余场,年接待读者一万余人次。这一方位居闹市的清静之地,惠及的不仅是寺内僧众,更有万千市民。

因为当时进入会场时走的是侧门,不曾注意到。及至后来才发现,我们开会的地点就在栖心图书馆的地下一层。原来我们就是在栖心之舍的内部开会。这不能不说又是一个天然的绝好隐喻。

"一月印千江,七塔栖万心。"如果你总是迷失于都市丛林,如果你总是感到紧张或焦虑,不妨时常去七塔寺走走,不妨在栖心图书馆小坐片刻,或者不妨把七塔寺或这座栖心图书馆搬到你的心里来。

11. 芦苇的诗意

芦荻之辨

我曾指给你芦花与荻花的区别：
喏，那蓬松细密的，那清白疏朗的，
事实上，它们的区别并不大。
它们都有过被称为蒹葭的青涩时光，
有过少女如瀑般的青丝，有过秋风
一天紧似一天的逼迫，
有过一夜蒙霜之后微微发红而后迅速变白的发际线。
人群中，你看到过一个老妇有少女一样
清澈的眼神吗？你看到过
一个少女有中年妇女脸上同样的忧戚吗？
所以请不必刻意去区分它们。
"枫叶荻花秋瑟瑟。"
"芦花开了，野茫茫一片，
人世间到处都是茫茫无用的真情。"
你看它们并肩站在那里，一个并不是另一个的另类，
而是苍茫的孤独，是孤独的复数。

诗外音：芦苇晚风鸣

我曾很多次想写一种植物，一种在深秋以及深冬之际乡野水边最常见的植物，深度融入风景的植物。事实上，不只是在深秋或者深冬，这一类植物充斥着整个四季，只是春夏间，它们大都淹没在其他植物的葳蕤之中，不被我们留意罢了。而当"秋风萧瑟天气凉，草木摇落露为霜"的时节到来，百草凋敝、众芳芜秽之后，才突然进入我们的视野。

于是，在田间地头，在河岸湖汊，在海边滩涂，它们一株一株，一片一片，甚而遮天蔽海，横无际涯，像猎猎旗帜，又像列队行进的船帆，成为雁阵最温暖的依托和落日最凄美的背景。是的，当冬天的风沿着一片白茫茫的羽状白花，划过你平静的、流泪的、沉默不语的脸庞，我想不到还有什么植物能够承载如此多的情绪——青春与苍老，轻盈与沉重，热烈与平静，热闹与寂寥，纷繁与孤独……

这就是芦苇，最寻常的风景，最不寻常的景观。如果你打开中国古诗词，就不难发现，中国诗（词）人有多么懂得这种植物。这有着最为密集的集体形象、最白的花束的物种，却是古诗词里最平静、最孤独的意象。随便拎出几句，就能马上让人沉入对往昔的追寻、对乡关的凝视、对时间和自身际遇的沉思之中。比如："川原秋色静，芦苇晚风鸣。""芦苇萧萧吹晚风，画船长在雨声中。""芦荻晚汀雨，柳花南浦风。""今逢四海为家日，故垒萧萧芦荻秋。"

是的，这就是芦苇，无论是江南还是塞北，它是很多人的故乡、生活地域最寻常的植物和最寻常的风景，也是诗歌里最寻常的背景和最寻常的意象。这就是我有很多次想提笔写写它的原因，这也是我每每提起笔又停下来的原因。这寻常的风物有必要去抒写吗？面对如此众多的有关芦苇的诗文，我还有必要狗尾续貂吗？

让我欲写还休的原因还有一个：这些被人们统称为芦苇的植物，事实上是一个有着众多亚属的庞大家族。仅我查到的名称和种类就有芦苇、荻、芦竹、蒲苇、芒草、巴茅等。每次看网上的介绍和图片说明，我觉得似乎能够分辨它们了，然而当我走进山野，被各种各样的苇草包围时，看着那些仪态纷呈的白色花束，我又束手无策，茫茫然分不清彼此了。

仅仅是芦苇和荻，在不同地域、不同场合、不同时期就有不同的名称。你知道什么是蒹葭吗？什么是蒹什么又是葭？什么是芦苇什么又是荻？所以，尽管面对它们时我有很多次都有下笔的想法，又总是欲写还休。但终究还是拿起了笔。

终于要写一写芦苇或荻了。好吧，这一次，且让我静下心来，专注地、仔细地了解一下这种植物以及它们庞大的家族。

写什么呢？事实上我仍旧没有能力也没有兴趣做一番调查研究。时至今日，对于芦苇和荻的区别，我也只能从视觉上去区分和判断。在我的词典里，它们的区别也仅止于此而已。事实上，我也根本不想区别它们。就像几千年前那个站在渭河岸边的人，对着芦苇或荻说："蒹葭苍苍，白露为霜……"

我觉得我们分不清芦苇和荻，完全可以把责任推到几千年前的那个人身上。是他把两种不尽相同的东西混在一起，叫作了蒹葭。事实上，在《本草纲目》中，初生的芦苇叫葭，开花以前叫芦，花结实后才叫苇。据《说文解字》："蒹，萑之未秀者。""葭，苇之未秀者。""萑"指荻，"苇"指芦苇。简言之，《诗经·秦风·蒹葭》里的"蒹"就是没有长成的荻，"葭"就是没有长成的芦苇。

当然了，当年那个站在渭河岸边作诗的人，当他说出"蒹葭"二字时，可能并没有去想芦苇和荻的区别，因为我知道他的心思和目的都在接下来的"所谓伊人，在水一方"上。

所以，我也从这笔混乱的糊涂账中开始吧：

我曾指给你芦花与荻花的区别：
喏，那蓬松细密的，那清白疏朗的，
事实上，它们的区别并不大。

我想，如果他也能读到我的这首诗，想必会引我为知己。不错，我的目的其实也不在芦苇和荻身上，我的目的同样在"伊人"身上。不同的是，他在写河水的阻隔，写爱而不得，写上下求索的苦闷无奈。而我为了避免重复，选择了抒写年华流逝的无力和伊人迟暮的无奈。当然，我们都写到了孤独。他的孤独被河水阻隔，爱而不得，像芦苇一样虚度青春年华。他的孤独是河中孤岛，被河水包围。我的孤独被世人包围，却不被世人理解，表达出对年华蹉跎和美的流逝的一种深深痛惜。

我的芦苇，它们中的每一株都是孤独的，但它们之间彼此并不相通。它们只是偶尔站在一起，就像人世间的芸芸众生，生活在同一片地域，有着大致相同的际遇。它们的孤独加在一起，是孤独的复数，但是并不是孤独的融合。孤独是它们身体里最核心的秘密和堡垒，仿佛深藏在种子内部的基因，不容篡改。

所以，在完成《芦荻之辨》之后，我觉得仍有话要说，还需要用一种理性和客观的方式，再度审视这种我几乎熟视无睹的植物。

于是又有了下面的诗和随笔。

芦苇与鱼

岸上挤着一大片芦苇,
海里游着一尾鱼,
一条堤坝横亘在它们中间。

开着白花的芦苇,白茫茫一片;
在大海里游动的鱼,只有一尾,
一条堤坝横亘在它们中间。

人世间到处都有这样的芦苇——面目模糊,一棵挨着一棵,密密匝匝。
一棵芦苇的孤独,淹没在众多的孤独之中。

而在你知道的海水里,只有一尾鱼,
拖着整个大海,
艰难地游动。

孤单的鱼,在海里流着眼泪,但不被看见,
一条堤坝横亘在中间。

这就是真相——
你的外表:芦苇的孤独,
你的内心:鱼的孤独。

诗外音：孤独的真相

一

第一次去天妃湖，我就被震撼了。我完全没有想到，在广袤的象山港腹地，居然隐藏着这样一方碧玉般的水体。

来奉化之前，我在象山港对面的象山半岛最南端的渔港小镇石浦生活了十多年。终日面朝大海，早已习惯了门前那一片潮涨潮落的浊黄海水和空气里浓重的鱼腥味。后来又借居在象山半岛北端的小城，距象山港仅有十分钟的车程，闲暇时常到港畔散心，那时眼前仍是一片苍茫，只是不知道，目力所及，是否曾抵达眼前的这一方水域？

从谷歌地图上看，象山港似乎就是茫茫东海伸向内陆的一条舌头。天妃湖大约是舌尖右侧的一小片水域。这片原本和广阔港湾连在一起的水域，因为一道堤坝而改变了姿态。

肆意奔涌的东海水，进入象山港的狭长地带后，水势渐缓，携带的泥沙渐渐沉淀，为整个港湾带来了罕见的清水区域。象山港广袤的腹地，让这股奔涌之水几经跌宕，终于有了回旋和喘息之地。安静下来的海水被一道大坝切割出一块巨大的暗蓝色水域，水面波平如镜，在阳光映照下，射出诱人的光芒。

如文首所言，第一次看到这样的景象，我的确感到震撼，不可救药地喜欢上了这里——这片因少人而略显阒寂的海湾。尤其是在冬日的午后，置身于海堤，恍惚间想到置身于东京近郊的德富芦花。也许眼前的这一片比东京近郊的那一片更加阔人，也更加摄人心魄。

站在天妃湖绵延数千米的海堤大坝上，目光会不由自主地被两边的鲜妍色泽所吸引。一边是平静的海蓝色，浸染着岸边一簇一簇的大米草；另一边是大片的芦苇，生长在堤坝下的浅滩上。从秋天开始，海水中的大米草渐次变红，而大堤另一边的芦苇则慢慢由青转黄。只有海水一如既往地蓝，不，甚至变得更蓝。

就这样一个人走在大堤上，从秋末至初冬，我目送一阵紧似一阵的秋风，把《诗经》里的葭吹成了现实中的芦苇。如果此时有一夜海风呼啸，芦花就会大面积地飘扬。是的，那种大面积的肆意的汹涌、起伏，会占据整片滩涂。而这样的滩涂，在强烈的色彩对比下，使我始终处于一种出神、失语的状态。

"开着白花的芦苇，白茫茫一片。"这是我在一个冬末的傍晚再次驱车来到天妃湖，独自徘徊许久之后写下的句子，客观、写实，并未调动任何想象。当然，最终它也并未出现在这首诗的开头。

那时，当我沿着漫长的堤坝走动，鼻翼两侧弥漫着海腥味和枯草的气息，耳边回旋着海风吹动芦苇的声音，我的大脑里掠过许多有关芦苇的诗句，东方的古歌和西方的哲语。但我无法调动任何修辞。

"芦花开了，白茫茫一片，人世间到处都是茫然无用的深情。"后面半句不知是过了多久，从我空白的大脑里忽然冒出来的，但这应该是我从别处看来的句子。我想回避它，但它始终顽固地占据着我的大脑,无论我怎么努力,都无法摆脱。

许久以后,我把目光投向另一侧的海面。此刻的象山港依旧平静,只有海风掠过海面,把远处的海浪悄然送至岸边,发出若有若无的呜咽。我曾仔细观察过这些海浪,在既往的诗篇里,写下很多有关它们的诗句。有时候,我怀疑那些浪花,并非来自远处海面上风的吹动,而是来自更遥远的海底。那些轻微的呜咽,仿佛是刻意抑制的情绪,又似乎是放下之后的释然。但大海看上去仍旧是平静的。

大海为什么平静?难道它没有悲伤吗?在我们无从抵达的深处,曾经发生过什么事情?我知道它可能经历过无数次的锥心之痛,否则就不会反复有惊涛、海啸和冲天的火光。更多的时候,大海只是在努力保持着平静,保持着鲸落、沉船之后的沉默。它们曾经以自己的方式安慰过大海,而大海也报之以沉默。

忽然想到曾经看过的一部法国电影,想到年轻的德国军官对心上人说出的经典台词:"我之所以喜欢大海,是因为它的宁静。我说的不是海浪,而是别的东西,神秘的东西,是隐藏在深处,谜一样的大海。大海是宁静的,要学会倾听……"

哦,那别的神秘的东西!没有什么是大海不能承载和包容的,包括一个法国女孩沉默的爱情与爱情的破碎,包括一个国家的完整与破碎,包括所有人的沉默与孤独、完整与破碎。我想,我也应该在一首要写下的诗里,安放下我的沉默与孤独、完整与破碎。

所以,在这首诗的后面部分,你会看到,我稍稍摆脱了芦苇的控制。我找到了另外的、别的东西。在我的想象里，它也许是一尾鱼、一个词，面容沉静、不露声色，却带着难言的悲伤。那是细小的悲伤，也是巨大的悲伤。那是一尾鱼的悲伤，也是整片大海的悲伤。那是两个年轻人爱情的悲伤，也是两个国家和民族的悲伤。

当我再次转过身，面朝海堤。这条分隔大海和芦苇的堤坝，忽然就贯穿了我的胸肋。然后，正如你看到的，一首诗忽然向我，也向我的读者显示出了它完整的面孔。需要补充的是，当我写下这首诗后，芦苇已不再是芦苇，堤坝也不再是堤坝，鱼当然也不再是鱼。

二

下面我想再从另一个角度说说《芦苇与鱼》。这是一首与《芦荻之辨》写于同一时期的诗。写作动因都源于有一年深冬时节和朋友一起在天妃湖所见。在前面一节的文字里，我其实把较多的笔墨放在了陈述上，介绍了天妃湖一带的大致情况，涉及《芦苇与鱼》一诗的写作动因、抒写策略等方面的内容较少。

尽管是围绕诗歌文本展开的介绍，但我的本意并不是想把与诗歌匹配的随笔完全写成有关诗歌文本建构的说明文，而是想围绕诗歌诗意的生成去创设一个情境，或者去讲述一些与这首诗相关的人物事件与诗歌文本之间形成的某种若即若离的关系，这样才能真正产生我所希望的张力，形成文本互补关系，最终产生"1+1＞2"的效果。

读过上面两首诗的朋友应该能够看到,我在两首诗里探讨的主题其实是同一个,那就是"孤独"。只是我采取的进入方式和要表达的侧重点并不相同。

如果说在《芦荻之辨》中,我重点关注的是个体的孤独与集体的孤独之间的区别与联系,那么在《芦苇与鱼》一诗中,我关注的则是个体的人与环境、与自身之间的关系,并从这种关系中去探讨人孤独的原因。

在我看来,人的孤独感主要来自环境和自身的隔膜。有时候,孤独感的产生,并非到了一个陌生的地方,熟悉的环境里同样会产生孤独感。孤独感的产生主要还是源于自身心性、情感的处境。当人心受到某种因素的制约时,就会产生抑郁、苦闷等情绪,即使置身于再热闹的环境、再美好的风景里,也会有一种隔膜感。有时候,这种隔膜,反而会生成一种反向的张力。陌生的环境让人无所适从,熟悉的环境又极易让人陷入对往昔的回忆,这些又会加剧人和此时此地环境的隔膜,加剧人的孤独感。这也许就是那首歌里唱的"在人多时候最沉默,笑容也寂寞"能够引起诸多共鸣的原因吧。

这种人与人、人与环境之间的孤独就是我在《芦苇与鱼》一诗中所称的"芦苇的孤独"。而我要表达的"鱼的孤独",实际指向了人与自身的关系。就像一条鱼,置身于大海,与环境融为一体,其中的关系不再是"我看",而是"我是""我感"——一条鱼在茫茫大海中游弋。

在茫茫大海中,一条鱼的孤独很小,小到可以忽略不计,一条鱼的孤独也很大,大到充满整个大海。

这种孤独感是客观存在的,有时候也是主观上不自知的。

一条鱼在大海里游来游去，也许从不会意识到自己的孤独，就像大海不会意识到孤独一样。但也许在某个特定的时间节点，我们会像那条52赫兹的灰鲸一样，突然意识到自己与其他灰鲸的不同，意识到自己是独特的"这一个"，发出了同类永远无法听到的52赫兹的鲸歌。

个体生命与环境对立或者相容，隔膜或者相通，也许能够相对容易地被意识到。如同我们站在堤坝上看海、看芦苇，能直接看到这一层隔膜。但是个体生命与自身的关系、自己与自己的内化环境是否完全相容，并不是每时每刻都能够感受到的。有时候我们对镜中的自己一无所知。如同一条鱼，不可能跳出海面到堤坝上来观察自己一样。

当有一天，一条鱼意识到自己拖着整个大海孤独、艰难地游动时，它就体会到了来自自身的孤独，那应该才是一种真正的孤独，与生命如影随形、无法摆脱。

写完《芦苇与鱼》之后，我也在反思，我是否利用诗歌的隐喻功能妥帖地表达了我想要表达的，就像雷蒙德·卡佛的墓志铭《最后的片段》所写："这一生你得到了／你想要的吗，即使这样／我得到了／那你想要过什么／叫自己亲爱的，感觉自己／在这个世上被爱。"

我不可能像写论文那样条分缕析地去写一首诗，所以，在这首诗里，你会看到，这一条堤坝的含义事实上是多重的，位置也不尽相同。但读者在阅读的时候应该能够分辨，即使分辨不了也没关系——那也许正是一首诗需要的适度的模糊。

芦苇之诗

它为人间带来了火和一位先知。
这大地上最温暖的植物,却生长在最潮湿的地方。

在旷野里,更多的苇秆裸露、中空,
来自岁月深处的风吹着它。
这牧神之子的芦笛,试图唤醒它的绪任克斯,
而施洗约翰用芦苇制成的十字架,完成了对人的浇灌。

"压伤的芦苇,他不折断;将灭的灯芯,他不吹熄。"
它蒙神眷顾,但它更愿意被人凝视;
它有单薄、中空的苇秆,却被灌注了更多沉思。

芦苇芦苇,当我在古老的《诗经》里打量它苍翠的青春,
它的枯干的身体,
正混合着稀泥,被苫在贫苦人家的房顶。
而茅屋内,简陋的苇灯下,
一个衣衫单薄的年轻人冻僵的手,正握着一支苇秆制成的笔。

秋天深了。一只孤雁,在白茫茫的芦花荡上空徘徊,
寻找着那片曾经孵化它的浅水滩。
而一粒未被大风刮走的种子,
顺着中空的苇秆回到地下。

冬天过后，它将把那些支撑苇秆的事物，
从黑暗的地底再次提取出来。

诗外音：芦苇的悖论

有关芦苇的文化传统，从一开始就东西有别。在希腊和罗马神话中，牧神赫耳墨斯的儿子潘是森林之神，也是芦笛的发明者。传说山林女神绪任克斯被潘追求，她被追赶得没有办法，就躲进拉冬河里变成了一棵芦苇。潘就用这棵芦苇制成一支牧笛，供自己吹奏（故牧笛又称Syrinx）。

后来潘和音乐之神阿波罗进行了一场音乐比赛。潘吹芦笛，阿波罗弹奏七弦琴，请众神评判。众神都认为阿波罗的演奏更动人。然而弥达斯国王却断言：潘比阿波罗演奏得更好。因为潘的单纯而动听的芦笛声，比阿波罗的华丽的和弦更易欣赏些。神祇们为了惩罚弥达斯国王的愚蠢，让他长出了一对驴耳朵。

弥达斯为了维护国王的尊严，只好用帽子掩饰驴耳，并警告唯一知道这个秘密的理发师严禁泄密。可是理发师心里憋得实在发慌，于是就走到河边挖了个洞，悄悄对着洞口说："弥达斯国王长着一副驴耳朵。"说完赶紧把洞口堵死了。不久这里就长出一棵芦苇，风一吹就嗖嗖地发出声音："弥达斯国王长着一副驴耳朵。"这句话很快就传遍了全国。

现在在欧美文学中，"弥达斯的理发师"是指不善保密的人。"弥达斯的判断"和"弥达斯的耳朵"是指愚昧无知或不学无术。美国诗人罗伯特·勃莱在《反对英国人之诗》中写道："贫穷而听着风声也是好的。"我估计他是在风中听到了芦苇泄露的秘密。当然，那应该是大自然赐予他的珍贵的密语。

在希腊神话中，芦苇还是人类第一粒火种的来源。传说普罗米修斯有一次在海边散步时，发现那里生长着一种独特的芦苇。在智慧女神雅典娜的帮助下，他打开芦苇，发现是中空的，但中间有一些干燥柔软的面包屑，能慢慢燃烧很长时间而不熄灭。他拿着这根芦苇秆走了一夜，来到有太阳的地方，用芦苇秆的一端接触火焰，于是珍贵的火种就来到了这个世界。

《圣经》里曾多次出现这种植物。虽然在不同的篇章里有着不同的象征，但从一开始芦苇就联系着神迹。婴儿时期的摩西，被发现于芦苇丛中。成为先知之后，在他带领希伯来人走出埃及、前往迦南的途中，大约在苏伊士湾北端与地中海之间的沼泽地带，被法老的军队追击，摩西接受神谕，用手杖分开了海水，让苦难的希伯来人顺利渡过了芦苇海。

《旧约·列王记上》里说："耶和华必击打以色列人，使他们摇动，像水中的芦苇一般。"《新约·马太福音》里说，耶稣在传道之初，包括施洗约翰在内的很多人将信将疑，于是耶稣用芦苇来比喻他们的起伏动摇。（他们走的时候，耶稣就对众人讲论约翰说："你们从前出到旷野是要看什么呢？要看风吹动的芦苇吗？"）当施洗约翰最终皈依，成了坚定的基督徒后，芦苇又成了他最重要的传道工具，据说他手中用来施洗的十字架就是用芦秆制成的。

在《以赛亚书》中，曾出现这样的句子："压伤的芦苇，他不折断；将灭的灯芯，他不吹熄。"意思是，神怜悯软弱者和遭遇不幸的人，都施以慈爱与同情。最脆弱、最容易被压伤随风倒伏的芦苇，因为信仰的注入而变成了具有坚韧品质的事物的象征。也许后来帕斯卡尔的"人是一棵会思想的芦苇"即脱胎于此。帕斯卡尔将思想灌注到了中空的苇秆内，让人获得了尊严。

在我看来，在西方的文化语境里，芦苇的寓意归根结底源于芦苇的日常属性。帕斯卡尔将人比作芦苇，将普通人和常见的芦苇对应起来，这是一次真正意义上的回归和还原。

但是在我们古老的传统里，芦苇却一直保持着稳定的物质和精神属性。物质层面，勤劳智慧的华夏人民，早已熟练掌握了它的各种用途——苫房、造纸以及编织苇席、帘幕等。在精神层面，除了来自《诗经·河广》中的那句"谁谓河广，一苇杭之"演化成了后世达摩西来、一苇渡江的传说之外，其文化属性基本上未出现大的变化。同样是渡海，摩西是通过将海分开的对抗的方式，而达摩则利用江水的浮力和芦苇中空的特性达成渡江目的，采用的是一种顺应自然的方式。当然这里的一苇并非一根芦苇，据专家考证，认为应该是一束芦苇浮于水上，就像桴筏一般。

在我们的文化里，文人墨客则习惯通过芦苇来抒发春去秋来的时序之感、流转迁徙的漂泊之感。大量有关芦苇的古诗词以及水墨画卷中，芦苇都被赋予丰富的人文内涵，成为作者寄托逍遥的隐逸情怀和蓬户苇壁、清贫自守志节的代名词。

受中国文化影响，芦苇在日本，无论是日常生活还是精神层面，都有着和我们近似的属性。德富健次郎也喜欢这种普通的植物，他因不满清少纳言在《枕草子》里说"芦花没有什么看头"，便写了一篇传世散文《芦花》，还将自己的名字改成了"德富芦花"。

这篇散文虽然短小精悍，却写得含蓄蕴藉。网上有一段评

山河遗墨　121

述的话:"它以东京郊区的河海为背景,以秋天的芦洲和茫茫一片的'芦花之雪'为描写对象,巧妙地把自己的人生理想和现实感受凝聚在景物描写之中,具有极强的艺术表现力。"尤其是结尾的芦苇丛中那一声枪响,被一些评论家做了多种角度的阐释,但我总觉得有点过度解读。

相比于这篇散文,我更喜欢国内的一些有关芦苇的作品,而且不止于诗文。除了搜罗起来完全可以出几本诗集的中国古代有关芦苇的诗歌之外,以下这些作品在阅读过程中给我留下了极深刻的印象。

一是江淹和魏文帝的诗,二是歌曲《鸿雁》,三是当代诗人阿信老师的一首同名作《鸿雁》。

这些作品基本上都不以芦苇作为抒写的主要对象,但奇怪的是,我在读它们的时候,眼前居然都出现了大片的芦苇画面,然后才是苇丛上方的雁阵、远行人逐渐远去的背影。当然,画面另一侧,都有一个茕茕孑立的身影。

阿信老师的诗不长,兹录如下:

南迁途中,必经秋草枯黄的草原。
长距离飞翔之后,需要一片破败苇丛,或夜间
尚遗余温的沙滩。一共是六只,或七只,其中一只
带伤,塌着翅膀。灰褐色的翅羽和白色覆羽
沾着西伯利亚的风霜……
月下的尕海湖薄雾笼罩,远离俗世,拒绝窥视。
我只是梦见了它们:这些
来自普希金和彼得大帝故乡

尊贵而暗自神伤的客人。

（阿信《鸿雁》）

说真的，每次我读到阿信这首诗的时候，耳边总会回响起呼斯楞的歌声。或者说，每次听到呼斯楞的歌声时，除了吕燕卫写的歌词，我的脑子里同时也会出现阿信的这首诗。有时这首诗也会和吕燕卫的歌词混合在一起。有时候混合得更多，里面有蔡文姬，有王昭君，有"目送归鸿，手挥五弦"的嵇康，有仓皇南渡的赵氏族人，也有俄罗斯白银时代的流放者。

我想我的意思表达得应该很明确了，作为一名中国诗人，我喜欢的诗，应该是接通了中国传统文化，同时又具有更广阔视野的作品。

故乡苇塘

其一　苇塘之忆

收割后的苇塘,被严寒改造成了一个冰窟。
剩余的苇根被冰雪包裹,像一排排明晃晃的戈戟。
一个男孩用尽力气试图拔出它,
却被锋利的苇茬划破了手。

寒冷和贫穷持续统治着村庄。
一大团湿漉漉的炊烟,压在低矮烟囱的上方。
牛棚里的大牲口喷着白色的鼻息,
夏天茂密的苇草,已经变成它们嘴边带着冰碴的咀嚼物。

拔苇根的男孩还在继续,
被苇茬划破的手,沾着草屑和血的混合物。
不远处,是他正在扫"毛衣"的母亲,一个更加瘦小的黑点,
正在雪地里蠕动。

为了取暖,
四十年后,一名中年男子
把目光探进一扇薄薄的苇帘

遮挡的漏风的窗牖,

看着他把沾着血迹的苇根送进贫寒的炉膛。

远处，那片正在经历霜冻的苇塘，

那些没有被拔掉的苇根，明年将高过它们的父辈。

其二　大雁之诗

作为修饰和点缀，
它们往往在形容季节更替时出现。
这在秋天湛蓝天宇中飞翔的汉字，
或者在金色苇塘中栖息的生灵，
最早来自童年的谣曲和蒙古人的长调。
这流亡者的队伍，教会了我人生中最初的两个汉字——
"人"以及"一"。
前者让我意识到，人与万物生灵有着相似的行状，
而后者，后来同样让我明白：
"所有伟大的征程，都有一个微不足道的起点。"
如果说还有什么教益，
那就是它用来栖息的苇丛和练习飞翔的天宇，
让同样浪迹天涯的我，
懂得了如何面对人间最后的暖，
以及命运最初的凛冽。

诗外音：只在芦花浅水边

我为什么如此钟情于芦苇？除了前面这些断断续续的絮语里透露出的原因，秘密的理由还有一个，那就是来自记忆底层的童年经历。

我出生在中国北方一个偏远的内陆省份。境内黄土覆盖，干旱少雨。但幸运的是，有一条黄河支流从家门口流过。尽管平时水流又细又小，还时常干涸，但是每当雨季到来，就会有汹涌混浊的水流携泥沙呼啸而下，久而久之，居然冲刷出一片异常宽阔的河床，也在河流的拐弯处留下了一些当地人称为"海子"的小型沼泽。每年春天，海子里就会长满芦苇（后来我才知道，那事实上是芦竹，一种类似于芦苇但更高大挺拔的种类）。因为河水的滋养，长得异常高大茂密，即使身材高大的人走进去，也仿佛泥牛入海，不见踪影。

尤其是夏天的夜晚，海子苇塘（我们称之为"羽子坑"）里影影绰绰，间或传来不知名的怪鸟的鸣叫声，让从旁边经过的人心惊肉跳。村里的孩子们都盛传里面藏着"迷糊子"，能迷人心窍，食人之髓。作为实证，村里确实有一位采野菜的女孩在河滩羽子坑附近走失。等到村民们把她从羽子坑里抱出来时，已经昏迷不醒，眼睛鼻孔里塞满了淤泥。那个女孩清醒过来后，变得神经兮兮，时常犯迷糊。所以如果没有大人陪伴，孩子们晚上是决计不会从旁边经过的。

但是，这些羽子坑也给我们带来了无限乐趣。春天，河湾里过完第一遍洪水后，这些芦苇就开始冒出新芽，露出水面的是一支一支嫩笋样的绿箭，藏在淤泥下的，是白嫩的芦根。孩子们放了学,就去掰芦尖、挖芦根。晚饭时的小炕桌上,就会有一小碟麻油浇淋的翠绿和玉白相间的嫩生生的芦芽芦根菜。

到了夏天,羽子坑里的水会更深一些。白天,胆子大的男孩会相约去里面摸鱼,抓呱啦鸡(一种类似鹌鹑的小型禽类,善跑,会飞,但飞不远)。

初秋的时候,还会偷拿家里的铁皮桶去灌黄鼠(一种田鼠,幼崽可驯养,类似松鼠,肉可食)。烤黄鼠吃饱了,就躺在芦苇滩上,嘴里衔一片芦苇叶,看着湛蓝的天宇。这时候,总会看到一排咕噜雁(方言,即大雁,因总是发出咕噜咕噜的叫声,被当地人称为"咕噜雁")向南飞去。和小学课本里写的一模一样:一会儿排成个"人"字,一会儿排成个"一"字。有时候既不是"人"也不是"一",只是一个孤单的逗号或句号。我猜那肯定是一只掉队的,可能就是课本里讲的更羸在京台上用无箭之弓射下的那只受伤的鸟,或者就是隔壁命娃用弹弓打伤的……现在想来,这是我读书以来记得最牢的课本内容。

但我们很少能等来之后我在别处看到的"芦花冉冉弄斜晖,十月江天似雪飞"的景象。因为到了秋天,大队就会组织社员收割这些芦苇。按照收割的批次和种类,有些会被粉碎成饲料喂牲口,有些会被编织成苦房的苇毡,更多的会分到各家各户,成为一些日常器具的编织材料或者干脆当作柴烧。

记忆中小时候的冬天总是很冷,村口学校里的教室四面漏风,教室前面炉膛里的柴火总是不够烧,我们坐在里面瑟瑟发抖。课间,老师有时候会组织我们去附近的羽子坑里拾柴火。收割过的羽子坑里空荡荡的,布满了锋利的苇茬,但根部被冻得硬邦邦，非常难拔。我们的手脚经常被苇茬割破，但还是收集不了多少柴火。考虑到来年芦苇的长势，队里是不允许挖苇根的。

那时候，家家户户都缺衣少食，乡下人家也没有什么其他取暖设备，基本都是靠烧土炕挨过冬天的。烧土炕的填料，除了自家碾轧粮食落下的柴草，其余要靠扫"毛衣"所得。所谓扫"毛衣"，就是把荒野中北风刮过的地皮上仅有的草屑清扫回来。记忆中，每年冬天为了有足够的填料，当赤脚医生的母亲总是走很远去扫"毛衣"，很久以后才背着半背篓"毛衣"回来，里面其实一半是黄土。

很多年以后，我从南方回老家，陪母亲回乡下时，特意去学校附近的芦苇荡转了转。记忆中当年阔大、幽深的芦苇荡，居然只是几个巴掌大的水洼子，补丁一样补在仍旧清贫的村庄周围。而我更没意识到，自己居然成了童年时代仰面躺在芦苇滩上看到的那只咕噜雁——怀揣暗伤，一路在异乡的天宇挣扎哀鸣，寻找着可供栖息的浅滩。

外出的这些年，我去过更多长满芦苇的地方，见过更多的浩荡与苍茫。比如距离我老家不远的宁夏沙湖，比如河北的白洋淀，比如我寄居的浙江东部沿海某处滩涂。记得有一年去山东，在东营黄河口，我才知道什么是真正的芦苇荡。沿着芦苇丛中的道路，一辆大巴以六十多公里的时速开了一个多钟头都没开到头。等来到黄河入海口时，落日浑圆，擦着芦苇发白的芒穗缓慢滚落，最后卡在海平线上。那一刻，别人也许会感觉在目睹佛陀涅槃，而穷人出身的我，则感觉自己失去了费尽千辛万苦才得到的一枚金币。

从东营回来后，内心久久不能平静，很多之前郁结的情绪、有关芦苇的记忆叠加在一起，让我觉得有些东西到了付诸笔端的时候了，于是陆陆续续写下一些诗。有关黄河，有关老家，也有关我借居的浙东半岛某地。写了一年多，后来我才吃惊地发现，这些诗并非直接写芦苇或者芦苇荡，那密密匝匝连成一片又一片的盛大苍茫只是其中的背景，起伏在或和风煦日或斜风细雨的天宇下，带着或暖白或金黄或暗蓝的光线。天宇中，永远缀着一只或几只远行雁的身影，而更多的，则是在芦苇丛中居家守业，度过一生。

我想，这就是我对人生的理解。

"我行日夜向江海，枫叶芦花秋兴长。"现在，每逢深秋初冬，我都习惯性地驱车到天妃湖畔那片无人的芦苇滩（事实上，那靠海的一边是另一种名叫大米草的外来物种，但它们早已在此安居乐业），去看那片白头的苇丛。当年同来的朋友早已散落在人世的另一片芦苇荡。在清冷的海边大堤下，我用目光一遍又一遍摩挲每一束芦花，分辨它们之间的不同。事实上，它们是如此相似。它们是一个整体，但又的的确确是单独的一个，是一个一个的组合。像你，像我，像芸芸众生。有过激情澎湃的兼葭岁月，经历过雨疏风骤的颠沛起伏，品尝过江阔云低的中年况味，如今也有了静默于天宇之下的暮年心境。

我是它们当中的一棵，和它们拥挤在一起，成为一个彼此独立又相互依存的整体，成为别人、别的事物发生的背景。"秋风萧瑟天气凉"，"君何淹留寄他方"？也许，我还是那只从故乡的羽子坑里飞出的孤雁，无论在人世这个更大的芦苇荡里如何沉浮，我的记忆中始终会有一片浅浅的水洼。无论温暖还是寒冷，无论干燥还是潮湿，它终将是我这样的一只孤雁的归宿。我记忆中的清水河，河边的羽子坑，它并不遥远，只在我午夜梦回时的芦花浅水边。

12. 海边二题

傍晚，石浦港内的几种事物

一切都在下沉，
逐渐暗淡的光加重了石浦港黄昏的重量，
东门岛像一条大鱼的脊背。
铁锚在水底生锈，
少年走进了滞重的中年，
一颗早年的星辰也混迹于甲板下的淤泥。
夜幕降临，
只有黑暗中的海水，还在用含盐的骨骼，
努力挺起一朵渔火。
让人感觉，它和一艘万吨巨轮有着同等的重量。
而港面之上，依旧有轻盈的事物：
一只白色的海鸟，还在继续翻飞，
并且在翻飞中逐渐脱离了肉身。
哦，这灵魂的纤夫，还在坚持，
试图把暮色中被淹没的事物，向上拔高一寸。

诗外音：只有涛声似旧时

石浦是浙江象山半岛最南端的一个渔港小镇，是我二十年前踏上异乡之旅的第一站，也是我最初开始练习写诗的地方。我在这里生活了十年之久，然后离开。

2016年冬天的一个傍晚，一个偶然的机会，我重新踏上了这片暗蓝色的土地。铅灰色的云层把天空压得很低，眼前的一切和十年前相似：依旧是熟悉的港湾，依旧是熟悉的事物——石浦港、东门岛、铜瓦门大桥、渔港马路。

但毕竟有些东西不一样了，时间已经过去二十年。"一切都在下沉……少年走进了滞重的中年，一颗早年的星辰也混迹于甲板下的淤泥。"二十年，时间一点一点消磨着一个外乡少年对于生活的热情和远方的想象。

驱车在渔港马路上穿行，很多记忆里的往事开始涌现。于是就有了这首诗。

在这首只有十五行的短诗里，包含了三个层面的空间：海平面、海平面以下和港面以上的天空。在我过去的诗篇里，海平面就是生活的平面，海平面以下属于记忆和未知的部分，海平面以上的东门岛，是真实生活中我能够抵达的最高处，再往上，是天空——我所仰望但无从抵达的地方。

渔港马路，是小镇石浦最长的一条马路，几乎贯穿了整条海岸线。对我而言，它既是空间的，也是时间的。渔港马路很长，长得让我一度以为能走完剩下的流年。但是，十年以后，我还是离开了。再一个十年以后，重新回来，渔港马路成了贯穿我记忆的线索，也成为我建立在时间基点上观察其他空间的一条移动的观测带。

驱车驶在渔港马路上,暮色中的光线把石浦港所有的事物都投射在车窗玻璃上,现实景象和回忆中的事物奇妙地叠加在一起。对面的东门岛已不再高耸,而像一条大鱼,仅把脊背露出水面,更多的部分已淹没在海水中。甚至那些早年我仰望过的星辰,那些闪烁的理想,也都沉在了水下的淤泥里。人生不可避免地走向了沉重,甚至沉沦。

但是,生活中除了沉重,毕竟还有一些轻盈的事物,比如那只在暮色中翻飞的鸟,它曾多次出现在我早年的诗篇中,代表着我对那些无法抵达的高度的向往,它曾经在我的肉身之外。但是,现在,我愿意把它想象成从我沉重的肉身中分离出去的灵魂——依旧保持着对天空的兴趣,并试图像纤夫一样拖住我不断下沉的身体。

而另一些事物,比如那港面上的渔火,我曾经认为它是轻盈的。但是,从现在的眼光看,我知道了它的重量。那些海水中含盐的骨骼,在暗中支撑着它,用和支撑一艘万吨巨轮同样的力量。

海边空屋

远远望去，它是黑色礁石上一个更黑的点，
一个偏僻的小渔村，一处无人的海岬。
它的主人已不知去向。
桌子上，一截尚未燃尽的蜡烛，
裸露着黑色的烛芯。
偶尔我会来这里，站在靠海的窗口眺望，
仿佛站在世界的尽头，眺望另一个尽头。
到了夜晚，什么也看不到。
听到潮水漫上来，黑夜也从身后
另一端漫上来，
它们把屋子变成了一座孤岛。
我感到了孤单，感到自己站在黑暗的中心。
又有一次，我外出很久以后归来，
小屋的灯居然亮着，
远远望去，仿佛光明的中心。
——它的主人回来了，
四周的黑暗翻滚着涌向它，
黑压压的信徒，涌向了它们的教堂。

诗外音：在海边，每个人都曾是一幢空屋

二十多年前，我毕业后分配到海边的一个渔港小镇教书。工作之余，喜欢去海边走走。

最初我常去的地方是渔港马路，去看那嘈杂的码头和码头下浊黄的海水。后来就选择去更远些的皇城沙滩。那时候的皇城沙滩尚未开发，还是荒地。我曾长久地在数千米的沙滩上徘徊，留下一个瘦长的身影。

再后来，沙滩开发了，被圈了起来。很长时间，我无处可去。直到后来，我终于又发现一个清净的去处，这就是沙塘湾。

如果不是熟人指点，我压根不知道眼皮底下居然藏着这样一个去处。如同《桃花源记》中描述的：去沙塘湾，需要穿过一孔开凿于20世纪80年代的隧洞。洞口隐蔽，洞内狭长，从这一头到另一头，几乎看不见光。大约是人工开凿的缘故，洞里的石壁都不光滑，乱石突兀，间或掉下一些细碎石屑，每次走在里面都让我心惊肉跳。但是沙塘湾的诱惑还是远远大于这些危险所带来的恐惧，一次又一次让我穿过隧洞去探访它。

这是一个安静的小渔村，屋舍大都依山而建，错落有致，门前对着一湾海水。村里人多以捕鱼为业，据说祖上来自福建。村内交流基本上使用闽南语，到了村外，才讲当地土话。由于出行不便，近些年，赚到钱的村民陆陆续续迁出村，搬到了附近的镇子，小小的村落益发冷清。但这恰恰是我喜欢的。

自从发现学校附近的这个小渔村后，教书之余，我便时常光顾。看看那一湾自来自去的海水，看看那些错落有致、仿佛

郑板桥画下的房子，成了我生活的一部分。事实上，那些空荡荡的房子没有一间属于我，我也无从揣测它们的主人是谁。他们大多应该是本地渔民——那些早年福建渔民的后裔。当然也可能有少数其他行业的从业者。

偶尔我会趴在窗台望向里面。看到的情景大同小异，大都是一些渔家小屋的普通陈设：杂乱的家具、灶台、老式的三弯到七弯床。但有一次，在半山腰，我发现一幢明显和周围其他屋舍不同的房子。似乎是民国和西洋风格的混搭，但又相对简陋粗糙。隔窗望过去，我忽然看到一张木质书桌。

书桌上还摊着一本《圣经》，旁边有一个烛台，是有灯罩可以防风的那种。再往里，似乎还有几排座椅。这应该是一个可以举办小型聚会的私人住宅，也可能是一座简陋的教堂。我知道沿海居民，特别是渔民，因为在风浪里讨生活，风险叵测，多数人都有信仰，或信仰妈祖，或信仰基督。

那时我年轻，无所事事，精神空虚，对有信仰的人十分好奇，尤其是我并不熟悉的基督徒。有几次我曾去石浦基督徒聚会的灵潮堂听他们做礼拜。说听，是因为我从没有走进去过。灵潮堂位于石浦城区的大金山下，是一幢白色的建筑，红色的十字尖顶对着远处的海面。我会选择在靠近山脚的一处稍高的位置坐下来，聆听教堂里的声音。一段时间后我就对他们做礼拜的程序熟悉了。起先是基督徒自行祷告。正式祈祷开始之前，先由唱诗班献唱。这是我最喜欢的环节。那些曲子，轻盈空灵，远远飘过来，仿佛来自缥缈的天国。接下来，由教会里的某个基督徒领祷，目的估计是让参与做礼拜的信众安静下来，进入祷告环节。祷告告一段落后，会有一位牧师开始证道,讲解《圣经》。这个环节相对较长,信众有来自各行各业的从业者,文化水平参差不齐,也有人会在这个环节开小差,窃窃私语。这个时候,牧师便会停下来,带领大家再次低声祷告,然后再继续。透过教堂的彩色玻璃窗口,我约略看到,证道的牧师很年轻,身材高大,面容平和。

后来有一次,我忍不住好奇,在做礼拜的人们散去后,偷偷走进教堂一探究竟。和想象中的陈设不太一样,没有拱形穹顶上繁复的壁画,没有垂目的圣母、年幼的耶稣和施洗约翰。除了讲经台上作为背景的巨大十字架,空荡荡的礼拜大厅和普通的会议室没有什么区别。讲台下面是一排一排的座椅。

若干年后,慢慢变老的我,褪去了早年的羞怯和好奇,也得以有机会和勇气走进做礼拜的教堂。我认识了这位牧师,而且和他成了君子之交,时常从他那里获得有关基督教的知识。后来我才知道,以往我在电影或照片中看到的教堂多数是天主教堂,基督教堂大多相对简单。"我们的身体才是神的圣殿,首先你要把自己清空,神才能住进来。"这是鲍牧师告诉我的话。

闲暇时,我时常翻阅鲍牧师送我的一本有关基督教的书。偶尔,我也会写一些与基督教教义有关的诗歌。当然,如果没有那么多疑虑,我也许会成为一个更纯粹的基督徒。"基督教讲因信称义,你总是疑虑太多。"鲍牧师笑着对我说。

还是回到之前的叙述吧。在沙塘湾漫游的那段日子,我曾多次登上沿山而上的石阶,来到我看到的那幢有着木质书桌,桌子上摆放着《圣经》和烛台的房子前。我想知道它的主人究竟是谁,出于什么原因离开,临行前为什么没有带走那本《圣经》。我揣测那应该不是普通的渔民。因为当年,当地渔民文化程度普遍不高,很多人不识字,甚至听不懂普通话。

但是,那幢房子的门始终紧闭着。

一晃又过去很多年。我离开了教师岗位。出于谋生的需要,我尝试了很多工作。因缘际会,我终于有机会走进石浦教堂空阔的礼拜大厅,在现场听了静穆曼妙的赞美诗,也目睹了那些信徒们做祷告时的表情。那些面容粗糙、平日里粗声大嗓的人们,彼时彼刻,变得如此虔敬和审慎。多年以后,当教堂里唱诗班轻轻唱起《圣哉三一歌》时,听到歌声的人们随即轻轻哼唱,我的内心感受到了恍如神迹降临般的微微震颤,泪水悄然蓄满了眼眶。

海边小镇,我在二十一岁时到达那里。在生活了二十多年后,我转身离开,再次踏上一段异乡之旅。但这一次我不再孤单。至少,不再陷入精神上的困顿。我没能成为一个纯粹的基督徒,但同样因为偶然的际遇,我拿起了笔,找到了诗歌。我记起不知从哪里看到的一句话:上帝如果给人间三颗星星的话,一颗是爱,一颗是信仰,还有一颗就是诗歌。

从半岛最南端的渔港小镇离开后,我先是辗转到了北部县城,后来又来到隔海相望的另一个城镇。闲暇时,我依然会去看海。那些无人的海边,依旧空着很多无人居住的房子。但我知道,每一幢房子最终都会迎回它真正的主人,每一盏灯都会绽放它的光亮。

我也意识到,我自己其实也是一幢房子,也有一盏期待被点亮的灯。而当你点亮自己,你会发现,那些曾经给你带来伤痛的海水,曾经给你制造颠簸的海水,曾经让你尝尽苦涩的海

山河遗墨　139

水，变成了涌向房子、聆听你内心神迹的信徒。

而诗歌之于我的意义，就像是一幢被遗弃了很久的房子，一幢被寂寞、荒凉和黑暗统治的房子，忽然亮起了灯火——金黄、温暖、明亮的灯火。它点亮的，不仅是房子本身，也许还有暗夜的海上一双眺望它的眼睛。

13. 晦溪之烛

秋日过晦溪兼与朱子书

一条清浅明亮的溪水,因为一个"晦"字
而变得意味深长。

据说它的得名源于你的名号。
无法确切考证你和它之间究竟有怎样的渊源。
村民宗谱里的记载语焉不详。

也无法得知,你的名号里为什么会有那么多"晦"字,
你生前时局动荡不安,
即使精通河洛之学如你者,也无法看清楚它的走向。

我想起你有关方塘的诗句,而你的时代活水已经很少。
这也许就是你曾注目于这条溪水的原因,
答案同样晦暗不明。

经历了鹅湖论辩之后,
你在晚年洞究渊微,更加专注于对"理"与"气"的辨识。
命运似乎总是和你开玩笑,

在你心机逐渐澄明之际，也恰是
你几近失明的时候。
先生，彼时你心中是否依旧有一条明亮的晦溪？
它也许是你，引以为念的源头活水。

在你之后，时间又过去了很多年，
自晦溪而下，九曲剡溪继续它的流淌。
今天，当我站在架设于其上的廊桥，
再次注目于这条因你而命名的溪水，
它依然保持着清亮的本色。

它已更名为明溪，但并未失去你带给它的幽微深意，
即使过更多的年份，它蕴含的隐喻，
也不会比任何一条河流更少。

诗外音：晦迹溪山可无恨

一

东隐人兮何处寻，看来只在白云深。
围棋心事卑商岭，抱瓮情怀尚汉阴。
晓日三竿安稳睡，春风两展短长吟。
红尘世路休相问，管取陶风酒独斟。

文章开头列出的这首七律，笔者并未查到出处，这并不是见诸典籍的一首诗。如果不先提出这首诗的作者，想必多数人会和我一样，认为这是一首唐诗，抒写的是诗中那位"东隐人"的隐逸之风。唐诗重韵，宋诗尚理，这首明显偏重于前者。诗写得并不难懂，唯一的难点在于诗中的四个典故。一个是"白云先生"王子乔理金庭洞天事，一个是商山四皓隐居下围棋的传说，一个是汉阴抱瓮之事，还有一个就是陶潜隐居饮酒赋诗的故事。

这四个典故中与商山四皓、陶潜有关的两个，读者应该都有所了解，兹不赘述。另外两个简述如下：

王子乔是周灵王的太子晋。太子晋聪敏早慧，十五岁参与朝政，提出以聚土、疏川、障泽、陂塘之法治理国都洛阳的水患。但这与父王以堵防患的意见相左，年少气盛的太子晋，竟以先祖厉王阻塞言路之过当面直谏，激怒了灵王，被逐出宫廷。后在桐柏山金庭洞天隐居修炼，号白云先生。因被奉为王氏始祖,所以后世又称他为王子乔或王子晋。

据《庄子·天地》载:"子贡南游于楚,反于晋,过汉阴,见一丈人方将为圃畦,凿隧而入井,抱瓮而出灌,搰搰然用力甚多而见功寡。子贡曰:'有械于此,一日浸百畦,用力甚寡而见功多,夫子不欲乎?'为圃者卬(仰)而视之曰:'奈何?'曰:'凿木为机,后重前轻,挈水若抽,数如泆汤,其名为槔。'为圃者忿然作色而笑曰:'吾闻之吾师,有机械者必有机事,有机事者必有机心。机心存于胸中,则纯白不备;纯白不备,则神生不定;神生不定者,道之所不载也。吾非不知,羞而不为也。'子贡瞒然惭,俯而不对。"

简单翻译一下,就是子贡去南方楚国游历,见一老人挖渠入井,抱瓮打水浇田,子贡劝他使用桔槔,可以提高效率,老人却说,使用机械,必定行事图巧,会使心思变得巧诈,失去纯洁无瑕的本心,无法求取真道,因此不用它。后以此典指保持纯朴的本心,顺其自然,不刻意追求机巧,也以"汉阴机"等指巧诈的用心。

读完全诗,了解了这四个典故之后,读者应该明白,这首诗是借商山四皓、陶潜等一些隐士的典故来写"东隐人"的隐居生活的。其语言自然清新,如山风拂面,颇得唐人风韵。

但这首诗的确不是一首唐诗,而是一首宋诗,它的作者据说是大名鼎鼎的南宋理学宗师、大儒朱熹。其诗与事出自宁波奉化的一部《单氏宗谱》,据说是朱熹提举浙东时应好友单钦邀请前往单氏居住地寻访故人时所作。

抛开宗谱中所记之事不提,就此诗而论,还真有可能。

这首诗从表面上看似乎是即景成句,随意抒写,自然晓畅,了无深意,事实上却含蓄蕴藉,义理幽微。除了前面提到的四个典故,其余诗句也颇讲究,几乎无一句无来处。比如"晓日三竿安稳睡"一句本于"红杏尚书"宋祁《将东归留别杨宗礼十韵》中的"晓色三竿日,离歌十里亭"句以及苏轼《题潭州徐氏春晖亭》中的"曈曈晓日上三竿,客向东风竞倚栏"句。而"红尘世路休相问"一句本于宋释居静的"红尘世路有多端,米面仓储无颗粒"句。"春风两屐短长吟"句则本于宋刘子翚《送昉侍者之湖南》中的"春动闽山迎两屐,夜凉楚月趁孤舟"句。

整首诗既多方用典,又自然晓畅,非大家不能为。且所引多为朱熹同代诗人之句,最重要的是,刘子翚恰恰也是朱熹早年的授业恩师。所以,将此诗归于朱熹名下,应该也是可信的。

再仔细琢磨,你会发现,诗中所选取的典故中的人物大都因对时政感到失望而选择退隐,所以其中也暗含了作者对于时政的失望,以及在江湖和庙堂之间徘徊的心态。比如"春风两屐"中的"屐",原本是谢灵运发明的一种山行木屐,上山时可去前齿,下山时可去后齿,这样就能保持身体重心的平衡。用它喻指作者在庙堂与江湖之间心态的平衡,非常妥帖。

朱熹的一生,出则兼济天下,入则著书立说。他创立紫阳书院,是宋代理学的集大成者,创立了体系庞大的理学体系,被后世尊其为一代宗师。其诗文作品也多有名篇传世。但遍查资料,有关这首诗的写作年代、写作背景都不见记录。一代大儒究竟是什么时候写下这首诗的？为什么没有相关记录？带着这个疑问，我走进了奉化溪口明溪村，一个隐藏于四明山深处的古老村落。

二

驱车出市区，沿弥勒大道往溪口方向开，一路向西，过了溪口后拐入国道，沿着亭下湖岸渐入山腹。四月的山间，一切都是新的。绿色层层堆叠，其他各种颜色随意点染，间或有鸟鸣、水声，不觉已入山腹深处。

春山如黛。沿途大大小小的村庄点缀其中，如同隐藏在眉中的美人痣，而明溪村大约是藏得最深的一颗。车子兜兜转转不知拐了多少弯，总算是开到了明溪村村口。清澈见底的溪流上架设着一座廊桥，杉木的颜色已经发黑，很明显，已经很有些年头了。一打听，是明清间的建筑。

而明溪村的历史则更悠久。据《单氏宗谱》记载，单氏本姬姓，自周成王封少子臻于单邑（今河南省孟津县东南），厥后其子孙便以封地单为姓。到了第六代世孙名子雅，祖居山东，进士及第，任会稽太守，占籍东阳。传至第八代世孙名元晟，由东阳迁居奉化晦亭下，为奉化单氏鼻祖。

发源于绍兴市嵊州市北漳镇彦坑村一带的彦坑溪，与考坑相汇后，流经宁波市奉化区溪口镇壶潭村，蜿蜒而下两公里，就到了现在的明溪村。溪水上游先后流经一曲彦坑、二曲壶潭，与南来的白坑溪相汇于三曲明溪，两溪交汇，古时因此而称其为汇溪，村以溪名，古称汇溪村。因当地方言

"汇""渭"同音，故"汇溪"有时也写作"渭水"。

宋时，单元晟长子邦彦游历至渭水，见此地重峦叠嶂、水源绵延，遂从晦亭下移居渭水，传至第七世孙单钦，开修单氏宗谱之先河。单钦与朱熹交好，致仕回乡后，朱熹曾两次来渭水访见单钦并赠诗一首，即本文开头所引之诗。朱熹辞世后，单钦为纪念好友，遂将渭水更名为晦溪。2004年，奉化区划调整后，又把晦溪改名为明溪，从此晦溪成为历史的记忆。

相比于一个家族的辗转迁徙和一个村庄的兴衰更迭，我更感兴趣的是眼前的这条溪坑和一位文化巨子之间的邂逅。根据《单氏宗谱》以及奉化当地的一些地方史料记载，朱熹与奉化及晦溪的渊源大约出现于乾道年间（1165—1173）朱熹到奉化讲学期间，受老友单钦邀请，他不辞旅途劳顿，到单钦所在的汇溪村走访。此诗应写于这一时段。

笔者遍查史料，未见单钦的相关记载，但史料记载其有一子，名单庚金，出生于1239年。即便单钦是老来得子，假定是七十岁生子，单钦应该于1169年出生，而朱熹出生于1130年，乾道年间朱熹应为四十岁左右，单钦则未出生或只有几岁，试问彼此如何成为忘年交？所以，朱熹即使在奉化确有单姓好友，也不可能是单钦。

从目前所见史料来看，朱熹应该来过奉化。南宋嘉定四年（1211），奉化县令冯多福为纪念朱熹到奉化讲学之功，在朱熹泊舟处之北始建龙津书院，又名龙津馆。此时距离朱熹去世仅十余年，所记之事当可信。

根据朱熹的年谱推断，其来奉时间有可能在淳熙年间（1174—1189）。南宋淳熙八年（1181）九月，浙东饥荒，朱熹由右相王淮推荐，改除提举两浙东路常平茶盐公事。到职后，微服察访，调查时弊及贪官污吏的劣迹，后革除陋习，弹劾了一批贪官以及大户豪右，"皇上称其政绩大有可观"。

朱熹在浙东活动的时间仅有九个月，因忙于政务，虽不曾有过重大复兴或创办书院之举，但他与浙东书院交往十分密切。不仅直接在当地一些书院讲学，而且常因访友、问学、论道而成为当地书院、讲舍、读书堂、精舍、道院的常客。朱熹在浙东施政讲学，不仅使理学得到弘扬，而且还发展了一批门徒，促进了浙东书院的兴建。有关朱熹这一时期的事略，浙东余姚等地的地方史志多有记述。朱熹的年谱中虽没明确记载他到过奉化，但当地书院多存，朱熹于这段时间来奉访学，也在情理之中。

三

我们现在可以想象一下彼时的情景：朱熹来到汇溪村，被这里依山傍水的自然环境与独特的人文风情所深深吸引，对单氏好友"晓日三竿安稳睡，春风两屦短长吟"的生活羡慕至极。离别时，朱熹赠诗给他，诗中的"东隐人"就是这位好友。

朱熹一生，秉承儒家遗训，积极入世。那么他为什么又对好友的这种寄情山水、怡然自得的隐逸生活心生欣羡，还赠诗呢？

这就需要从朱熹一生的经历说起。但首先还是让我们再看看这首诗。

其实理解这首诗的关键是第一、二句。朱熹借用传说中王子晋因政见不合归隐及商山四皓隐居下围棋的故事，强调的是隐居之余不忘心忧天下。借用汉阴抱瓮汲水浇田之事，一方面是赞许其好友的隐逸生活，另外一方面也是在隐约强调其施政为学不屑于取巧。而朱熹的这种观念也和他的一段经历有关。

朱熹一生不断更换字号，如元晦、仲晦、晦庵、晦翁，改来改去，始终都有一个"晦"字。

"晦"，取意于木晦于根而旺，寓韬晦之意。所谓"《春秋》之称，微而显，志而晦"，取义理深微、隐晦含蓄之意。细考朱熹这些字号的来历，揣摩其中的相关事由，也就能约略把握朱熹此诗的意味。

乾道年间，朱熹正值壮年，然已以老夫自称。一个明显的界限是乾道五年（1169）九月其母去世，朱熹还乡守孝。葬母于建阳崇泰里后山天湖之阳寒泉坞，"遂筑室其傍，匾曰'寒泉精舍'"。乾道六年（1170），在建阳西北芦山之巅的云谷构建草堂，榜曰"晦庵"。在寒泉、云谷期间，是朱熹著书立说、构建理学思想体系的重要时期，其大部分理学著述是在此期间完成的。

淳熙二年（1175）三月，吕祖谦从浙江东阳来访朱熹，在寒泉精舍相聚一个多月，辑次《近思录》成，史称"寒泉之会"。五月，朱熹送吕祖谦至信州鹅湖（今鹅湖书院），陆九龄、陆九渊及刘清之皆来会，史称"鹅湖之会"。鹅湖之会期间，朱熹与陆氏兄弟论辩、讲学达十余日之久，虽没有达到双方统一思想的目的，却使他们各自对对方的思想及其分歧有了进一步的认识，也促使他们自觉不自觉地对自己的思想进行反思。

直到淳熙九年（1182），朱熹五十三岁时，才将《大学章句》《中庸章句》《论语集注》《孟子集注》集为一编刊刻，经学史上的"四书"之名才第一次出现。之后，朱熹仍呕心沥血修改《四书集注》，临终前一天朱熹还在修改《大学章句》。"四书"构成了朱熹完整的理学思想体系，而《四书集注》作为治国之本，成为人们思想行为的规范和历代科考的标准教材。

淳熙十年（1183），朱熹开始在武夷山五曲大隐屏下创建武夷精舍，潜心著书立说，广收门徒，聚众讲学。淳熙十二年（1185），朱熹到浙江，与陈亮展开有关义利王霸的辩论，力陈浙学之非。这时候的朱熹，不但对儒家经典融会贯通，而且融入了其早年的易学之思，建立了庞大的理学体系。他格物致知，见微知著，一生在出世和入世之间自如切换，"穷则独善其身，达则兼济天下"的精义在他身上体现得淋漓尽致。

早年精研《易经》和河洛之书，也让他对人性的幽微和时势的动向有着超乎寻常的把握。他知先行后，越是晚年，越是目力如炬。及至失明之际，他已觉察出一场蓄谋已久的风暴。但他仍旧不避其祸，不改其志，知其不可为而为之。

庆元二年（1196）十二月，"党禁"正式开始，朝廷权贵对理学掀起了一场史所罕见的残酷清算。朱熹被斥为"伪学魁首"，以此落职罢祠，朱子门人或遭流放，或被下狱。至庆元五年（1199），朱熹已被各种疾病所困扰，他预感到死亡的逼近，更加抓紧著述。

庆元六年（1200）入春以后，朱熹病情恶化，生命垂危。彼时他左眼已瞎,右眼也几乎失明,却以更旺盛的精力加紧整理著作。三月初九,一代大儒在血雨腥风中走完了一生。

四

秋天的明溪在纯净的天光映照下显得格外澄澈。写完上述文字,笔者再次来到明溪村,再次寻访、感受一代大儒涉足过的山水。明溪村后山有著书坞,为单钦之子单庚金闭门著述之处,如今具体位置已无从确定。站在后山脚,目力所及,只有一脉清流依山而泻。这是自然的流淌,也是文脉的传承。

奉化籍南宋进士、元初东南文章大家戴表元在《单君范墓志铭》中写道:"吾剡源有为明经之学者,单氏讳庚金字君范。君范初与余俱以词赋行州里间,有微名。"后来,戴表元中了进士,而单庚金却不再有志于科举,归隐晦溪山中三十年,读圣贤经传,闭门著述,终成为一代学者。著有《春秋传说集略》《增集论语说约》《晦溪余力稿》等书。如果说与朱熹交往的单钦其人其事尚有存疑,单庚金却是见于史志的真实人物。居于晦溪的绿水青山之间,自然能与朱熹隔空神交。他的身上也许更能体现出一种注重文化传承的士子情怀。

游历明溪村,除了澄澈的溪流以及溪流沿岸的风景令人流连,还有一桥一堡,值得赏鉴。

进村时就可以看到村口的廊桥,其名为金山廊桥,横跨于明溪之上。廊桥为双孔石木结构,全长二十八米,宽四点五米,上建单檐廊屋,十一开间,置有长条木椅,可供行人休憩。据说金山桥始建于明代，重建于清同治年间，至今已有近一百五十年的历史。桥面上方的木构件因年久已损坏，2012年由村民集资修葺。但桥墩仍为原物，历经岁月侵蚀，依然屹立在村口。

村中古堡，为夯土建成，同样已近百年，兀自挺立，自成一景。明溪村旧时地处三县交界处，偏僻隐蔽，常有土匪强盗出没，村民屡受侵扰。后村民集资筑堡，团结一致，共同御敌。如今，这座建于民国时期的古堡，历经风雨侵蚀，其木构件早已腐朽，但黄泥夯成的墙体依然坚挺。

登楼远望，烽火早已远去，盛世安宁，只有明溪水不舍昼夜，蜿蜒流淌，依次流经一曲彦坑、二曲壶潭、三曲明溪。尽管河道弯曲、山峦阻隔，但是这条溪流从未改弦易辙，而是迂回曲折，继续向四曲敏坑、五曲石门、六曲葛竹、七曲驻岭、八曲斑竹奔流而去，最终在九曲大晦处汇溪成湖。而湖下，是一条更为宽阔的河流，向着大海奔流而去。

14. 万古同斯

其一 丙申秋日，乌阳观山寻访万季野墓

一

要请你原谅我的薄学和孤陋寡闻，
先生，时至今日，
我才知道你竟然长眠于此。

也要请你原谅我的路盲症，
驾着车，
绕山三匝也没能找到你的墓冢。

先生，这是不是也有些类似你当年，
空有一身绝学，
像一只乌鹊，绕树三匝却发现无枝可依？

此间不同的是，我终归是一个碌碌无为之人，
而你，却以布衣之身和失明的代价，
完成了皇皇五百卷的巨著。

先生，即便如此，我仍旧来此试图感受你彼时的无奈
和苦痛——

当你意欲潜心治学而时无宁日，当你意欲报国
而国已不在。

二

从白云庄到京畿再到乌阳观山，
六十四年人间路，
你走过的路似乎并不漫长，但足够来开启一个时代
的风气和方向。

"四方声价归明水，　代贤奸托布衣。"
先生，当你以一介布衣，像
春蚕一样，吐出五百卷《明史》之后，
你知道已经到了归隐之时。

如同你将一腔抱负付于故纸堆，
最终，你将肉身隐于这乌阳观山，
像一只归鸦，终于找到了日暮时的巢穴。

只是先生，不知这漫山遍野的斜阳衰草，
可还是你眼中的故国秋色？
不知你坟头前方，象山港夜夜传来的涛声，

能否抚慰你心底的亡国之痛?

三

先生,请原谅我迟来的探望,
天色渐晚,请让我披着最后一缕斜阳,
在你的坟前
继续小驻一会儿。

此刻暮鸦已停止啼鸣,
此刻象山港波澜不惊,
而你曾经被毁的陵寝也已修葺一新。

沿着平缓的石阶拾级而上,
你的墓道开阔平整,
但我知道,通往你的道路依然逼仄。

一道窄门,一条人迹罕至的幽径,
藏着皓首穷经才能懂得的陡峭。而你

坟头墨色尚新的字迹,仿佛一双失明
却能洞见幽微的眼睛,
还在打量着零星造访的后人。

其二　陪柯平再谒万季野先生墓

刚刚办好退休手续，这多少影响了你的心境。
我开玩笑说，以后你就是
社会闲散人员啦，有了更多自由
和可供沉溺于文史的时间。
两日半的行程，一路上
你挥舞着双手，向我介绍有关奉化的掌故。
从勤子屠母到对"剡"字的溯源。
这山水和人世之间，还有另一些密码，未曾被我们破解。
你给我谈起古文里"中"字的本意，其中不乏
天才、大胆的推测和戏谑的成分，
这是书斋里一本正经的学者，所不能及的。
但是到了万季野先生的墓前，
你的表情变得凝重，双脚并拢，
习惯挥舞的双手，也紧贴于裤缝。
我知道，你是在向一种力量致敬。
某些薪火相传，或者薪尽火传的秘密，
并不停留于纸上。
在摁下快门的瞬间，我看到了一束光
从万季野墓地后方的林间射出，
一种绚烂之后的寂静，控制着这里的一切，
那同样是一种来自暗处的力量。
我们的车子一路向前，
车轮摩擦着沙石路面，沉重，迟缓。

诗外音：秋草独寻人去后，寒林空见日斜时

一

万斯同墓，位于奉化区莼湖镇乌阳观山（一名"乌鸦冠山"）南麓。2016年3月26日，笔者陪著名诗人、文史学者柯平取道莼湖谒季野先生墓后作此诗。

知道万斯同墓在奉化，是2015年底。那时我在奉化谋得一份与文字相关的差事，于是在去奉化之前，我找来一部奉化史志翻了翻，目的是想事先对这方土地有个粗浅的了解，不至于到了之后对当地文史一无所知，言谈间被方家笑话。

万斯同就这样闯入我的视野。对于这位史学大家的了解，也仅限于之前在中学历史课堂上被老师灌输的一点知识，只约略知道他是宁波鄞州人，修过《明史》。不承想他的墓居然就在奉化莼湖。于是决定到奉化后去拜谒一番。

2016年初，我入职奉化文联，初来乍到，诸事缠身，等到腾出空的时候，已经到了暮春之际。查地图，发现先生墓地就在我开车往返于象、奉之间的路途中，于是在一个周末驾着车子去找。哪知到了莼湖附近的山间，跟着导航兜兜转转好几圈也没找到，只好败兴而归。

不久，适逢柯平教授来奉讲学。课后和他说起寻访万斯同墓之事，哪知他也没去过，听闻之后马上决定去寻访。于是约了奉化的几位文友一同前往。

原来柯平原姓毛，原籍就在奉化。因平时治学之际对奉化的文史多有关注，所以一路上所经之处，举凡有遗存掌故，均能信手拈来，为我们普及了很多闻所未闻的文史知识。及至进入莼湖界，话题则基本不离万斯同，又为我们讲述了许多与之相关的稗官野史，言谈中不难看出柯平老师对这位布衣史家的崇敬。

同行的几位奉化文友，大都未拜谒过万斯同墓。其中有一位很早以前去过，但因时间久远也已记不清路了，这让我们的寻访也经历了一些小波折。最后，在当地村民的指引下，总算在一座名叫乌阳观山的山坳里找到了先生的墓。

先生的墓地和想象中的大致相同。墓地坐北朝南，三面环山，剩余一面朝向象山港。周边环境清幽，确是一处不错的长眠之所。只是墓道以及坟冢已经很久无人光顾，青苔遍地、荒草葳蕤，略显荒凉破败之象。

所幸我提前了解了先生墓葬的形制，到了现场也都一一对上号了。墓道前的华表上写着"万乡贤墓道"的字样，华表后的牌坊正面是蒋中正题写的"万季野先生墓道"，两边的联语"史笔殿千军先生不死；布衣终一世后进群瞻"据说是蒋中正的老师庄崧甫所题，背面的墓坊题额"高风亮节"四字则为曾任国民政府主席的林森所书。

绕过牌坊，就是方形拜坛，上面有一个祭桌和两个石凳。墓前的墓碣为清代遗物，上面的"鄞儒理学季野万先生暨配庄氏傅氏墓"为清武英殿大学士华亭人王顼龄题写，两边的"班马三椽笔；乾坤一布衣"对联为慈溪籍翰林裘琏所题。墓碣后面，就是先生的墓圹。也许是因为周围肃穆的环境，也许是出于对先生道德文章的敬慕，一行人在墓前默默伫立了许久。只有墓冢封土堆上的几株茅草，迎着来自林间的风在逆光中摇曳。

许久之后，几乎从不在景区拍照的柯平老师，居然主动要求我为他拍一张照片。在举着相机按下快门的瞬间，我看到柯平老师的表情忽然变得严肃，习惯性挥舞着的双手紧紧贴在了裤缝两边。我知道，他是在向一种力量致敬，那是一种穿透时间、穿透历史的力量。

二

万斯同，字季野，号石园，门人私谥贞文，浙江鄞县人，是黄宗羲的学生，博通诸史，著作等身。康熙十八年（1679），清廷开明史馆，万斯同拒绝了翰林院纂修官的七品俸禄，而以平民身份进入明史馆参与明史编纂，手订《明史稿》五百卷，创修史之特例，启浙东之史派。

先生于崇祯十一年（1638）出生于明朝一个累世勋臣之家。其先祖万斌在大明建立时因功授武略将军，赐封世袭将军。自此肇始，万氏家族凡九代男皆有一人为世袭武官，凡九代女皆有一人敕封为"夫人"或"恭人"。从万斌之子万钟开始"赐第于鄞"，万氏从此便世代居住在宁波城内，成为显赫的望族，一直延续到明末。

万斯同从小就有异于常人的禀赋，读书过目不忘。据说他八岁时就能在客人面前背诵《扬子法言》，终篇不失一字，显示出惊人的记忆力。到十四五岁时遍读家中藏书，之后专攻史部,并受业于浙东著名史学家黄宗羲。后又博览天一阁的藏书,学识锐进,博通诸史,尤熟明代掌故。

万斯同出生时,清朝已经建立,作为明朝簪缨世族的万氏家族,沦为前朝遗民。少年万斯同成长于山河易色、国破家亡之际,遭受了家道中落和亡国的打击,也更加坚定了潜心治学的决心。成年以后他听从黄宗羲的教导,经过深思熟虑,决定放弃古文词诗歌赋,转攻经世致用之学。先生曾道:"吾窃怪今之学者,其下者既溺志于诗文,而不知经济为何事;其稍知振拔者,则以古文为极轨,而未尝以天下为念;其为圣贤之学者,又往往疏于经世,见以为粗迹而不欲为。于是学术与经济遂判然分为两途,而天下始无真儒矣,而天下始无善治矣。"

万斯同不仅继承了黄宗羲严谨治史的态度,也继承了他的民族气节。康熙十七年(1678),清廷下诏请黄宗羲修《明史》,被黄宗羲拒绝。朝中大臣便推荐万斯同为博学鸿词科,万斯同也坚辞不就。以后,大学士徐元文出任修《明史》总裁,又荐他入史局。而此时黄宗羲觉得,修《明史》是事关忠奸评判和子孙后世的大业,有万斯同参加,可以放心。便动员万斯同赴京,并在赠别诗中以"四方声价归明水,一代贤奸托布衣"相勉。

当时,凡入史局者署翰林院纂修衔,授七品俸禄。但万斯同上京后不署衔,不受俸,以布衣入史局修《明史》。主要职责是在其他史官草拟史稿的基础上,协助徐元文等对其进行审订、刊改、补充和通纂,充当了实际的"主编",即所谓"不居纂修之名,隐操总裁之柄"。

在万斯同和馆内各纂修官及监修总裁的长期努力下,康熙二十九年（1690）左右，第一部纪传表志俱全的《明史稿》初步编成，凡四百一十六卷。康熙三十三年（1694），诏令续修《明史》。万斯同尽管年事已高，毅然应总裁王鸿绪聘请，从江南会馆来到王氏京邸，再次承担了史稿列传部分的修改审定工作，编写和审定史稿凡三百多卷。虽然《明史》最终定稿于乾隆初年，但可以说《明史》的初稿，在万斯同时代已基本完成。

康熙四十一年（1702）二月，时任《明史》监修官的熊赐履径自向康熙帝进呈《明史》全稿四百一十六卷，共三十四函。其中不但无一字提到万斯同等朝野史家对《明史》修纂的贡献，甚至连当时修纂《明史》的其他总裁如王鸿绪等人的名字也未提及。万斯同对此并不在意。他以布衣修史的初衷已经达成，用他自己的话说即是："吾此行无他志，显亲扬名非吾愿也，但愿纂成一代之史，可藉手以报先朝矣！"

在编修《明史》之余，万斯同还为尚书徐乾学纂《读礼通考》二百余卷。居京期间，万斯同屡开讲席，启导后学，学者尊称其为"万先生"。晚年双目失明，仍口授答问、讲学。

从康熙十八年（1679）九月抵京到康熙四十一年（1702）四月客死京师，万斯同只短暂返乡三次。他为修《明史》抛妻弃子，长期焚膏继晷的治史生涯，终于耗尽了他的心血。康熙四十一年（1702）四月初八，一代史学大家溘然长逝，享年六十五岁。

万斯同赴京之时，曾携书十数万卷，其藏书楼为"寒松斋"。去世时，因身旁无亲属，所有藏书被钱名世以弟子的名义窃取。王鸿绪在筹办万斯同丧事时，未等万斯同的儿子等人赴京扶柩，就派人把万斯同的灵柩运回了宁波故里，而《明史》手稿则落入王鸿绪手中，每卷均改为王鸿绪著。此二人行径为后世论者所不齿。据说万斯同灵柩返乡后暂厝于白云庄万氏祖墓旁边，一直到康熙五十八年（1719）葬于奉化乌阳观山。

至于万斯同为什么不入祖坟而最终归葬乌阳观山，史载不详。据部分资料可知，万斯同客居京畿以布衣修史二十余载，不受俸禄，其间其家道中落。其原配庄氏故去后，继配傅氏因生活艰难，便携幼子回到奉化勉力维持。万斯同为补偿对妻儿的愧疚，临终之际留下遗言，嘱与傅氏共眠于莼湖之畔。后其原配庄氏也随之迁入。

另有一说则是，万斯同尽管殚精竭虑编修《明史》，但这一巨著的部分观点并未完全切合他的心意。对于前朝之史，清政府注定要站在自己的立场上加以裁定。先生生前曾说，《明史》如没达到他的预期，他便无颜去见先祖。这也许是他不入祖茔的另一个原因。

古往今来，一代又一代的史家学人，怀着"究天人之际，通古今之变，成一家之言"的志向，或竹杖芒鞋于外遍访遗存，或青灯黄卷于内遍查故纸，苦心孤诣，孜孜以求，以期还原历史真相，裁定忠奸。尤其是在山河易帜之后，修史更成为文化承传的一种重要手段。国可灭、史不可灭的观念，在宋明以来的遗民中表现得尤为强烈。万氏视史学为家国民族所托之本，矻矻不休，孜孜以求，为民存文，为国传史。可以说，中华文化之所以绵延不绝以至于今日，也正因为有像他这样以治史传文为使命的大义之士。

而他们中间的大多数，却甘愿箪食瓢饮，不求闻达。更有如万斯同者，不但生前拒衔辞俸，死后随着家族流散，连墓穴也逐渐湮没于荒烟蔓草之中。但他的道德文章却永传后世，终不磨灭。正所谓"尔曹身与名俱灭，不废江河万古流"。

三

万斯同死后，家族离散，其墓葬由于地处偏僻，远离村、县治所，故此后百余年间几乎无人知道。直到清同治年间，奉化贡生谢午峰于一次偶然的机缘中再次发现。是时，其墓榛莽丛生，满目荒凉，碑文也漫漶不清，经谢午峰仔细辨认后方才确认。此后便邀约同里吴文江、刘绍琮等七八人轮流祭扫。

1936年，抗日烽火四起，民族危亡之际，为增强中华民族的凝聚力，激发国人的爱国之心，国民政府褒扬万斯同为乡贤，由奉化人应梦卿、庄崧甫等人发起修复先生墓葬和祀祠的募捐活动。很快得到响应，上至蒋介石、林森等党政要人，下至平民百姓，约五百人慷慨捐助，所得捐款全部用于墓、祠修复。建成之际，国民政府印发《建修万季野先生祠墓纪念刊》，蒋中正还撰写了弁言。

"文革"期间，先生墓葬不幸被破坏，墓穴被平毁，墓坊、华表、墓圈石材被拆除，仅存祭桌和墓碑。拨乱反正之后，先生墓葬于1982年6月被列为奉化县文物保护单位。1985年，奉化县政府多方筹措资金，根据1937年出版的《建修万季野先生祠墓纪念刊》对先生的墓葬进行了修复。2012年，奉化再次对墓所进行了修缮，重修墓圈和拜台，修复墓道，重建墓坊和华表。一代先贤的墓葬终于恢复了旧有的形制,一代史家终于重归"托体同山阿"的平静。而稍稍遗憾的是,当年与墓葬一起建成的先生祠祠,被莼湖小学改为大礼堂使用,并于1997年莼湖小学扩建时被拆除,今已不存其貌。

"班马三椽笔;乾坤一布衣。"当年翰林裘琏为先生所题的墓碣,字迹依旧清晰。这句脱胎于唐太宗"文章千古事;社稷一戎衣"的联语,恰当概括出了先生秉笔修史的功绩和意义。正如庄崧甫在《建修万季野先生祠墓记》中所写:"万氏有卿相之才,有事则著武功,承平则显儒术。余以际此风雨飘零之日,正宜著武功以捍卫邦国;但儒术为人伦大道,亦当丕振以正末垂之人心。是则建修万先生之祠、墓,岂徒得以兴复地方古迹目之!亦以拯民族国家之余绪于不坠,使吾华夏不至为亡明之续,其可不垂崇万祀而为吾民之师表乎!"

当我们站在先生墓前时,距离那个烽火蔓延的年代,已经过去大半个世纪。今天我们身处的环境较之先生早已不可同日而语。今天的学人治学,较先生那个时代也有了极大便利,但治学精神却一脉相承。一同前来拜谒先生的柯平教授,这些年在诗歌创作之余,将主要将精力倾注到了江南文化史的研究方面,也同样是无衔无俸,完全出于一个学者对于文化传承的自觉。柯平老师每到一处,必亲自寻访,多方探勘,并与纸上得来的互训互证,其秉持的正是史家一脉相传的治史态度。

古人治史,最难之处在于检索手段的落后。面对卷帙浩繁的各种史料,不但要博闻强识,更需要洞幽知微。没有异于常人的禀赋和缜密的思辨能力、勤勉谨慎的态度,是很难做到的。放眼历史,若论博闻强识和勤勉慎思,能与万季野相提并论的，也许只有南宋的治史大家郑樵。在当代，恐怕也只有写下《管锥编》的钱锺书先生能够望其项背。

即使放在现在，文史研究仍是一项寂寞而艰苦的工作。不仅要搜集整理史料，还要做更为艰苦的考证和研究工作，这是一个钩隐抉微的过程，一个辨章学术、考镜源流的过程，一个去芜取菁、去伪存真的过程。所谓"涓流积至沧溟水，拳石崇成泰华岑"，只有兼收并蓄、笃行不怠，才能有所成就。"吾道悠悠，忧心悄悄"，个中艰辛，也只有同样浸淫于浩瀚史料之中的柯平老师能够更深入地感受到，感受到先生身上传递出的史家的苍茫之气和孤勇之力。我们能做的，只是默默地对这位隐忍修史的布衣大家抱以无限的崇敬与缅怀。

"西风林外有啼鸦，斜阳山下多衰草。""秋草独寻人去后，寒林空见日斜时。"此刻，也许只有稼轩词和刘长卿当年过贾谊旧宅所作的名句，能够代我们说出心中的无尽之意。

15. 浮动的暗香

其一　与林逋书

我在西湖边拜谒过你的死,也在大里村寻访过你的生。
作为一个
生前即为自己垒好墓冢的人,
你活着,已在生死之外。
而在生死之间,你只是一株寒梅、一只孤鹤。

不仕是因为这个世间已不值得为之写封禅之书,
不娶是因为这个世上已无可娶之人。
不出仕。不出名。最后,索性连诗也不写了。
要隐,就要隐得彻底一些,
干脆躲到梅花内部去。

若干年后,及至我赶到,
长亭日暮,众芳摇落。
夕阳拖着长长的尾音,像一曲离歌。又像是
那一声远去的鹤唳。
我知道这个世界依旧不值得你留恋。

你所恋之物、之人、之事，
已经像你笔下的江水，了无牵挂。
我从对岸来，却无法成为你的粉蝶，
倒像是一只被寒流驱赶的霜禽，试图在你的故乡
拣一根干净梅枝栖身。

但又能怎样呢？这个世界的污浊无处不在，
连同我衣衫上的风尘，
连同我衣衫下
那颗行色仓皇的心。
即便是象山港的潮水，也有拍击不到的地方。

只有你留下的澡雪精神，
像一缕梅香，
被一场初冬的新雪唤醒，
荡涤着金樽共檀板的喧嚣，
荡涤着出尘与入世、悲欣交集的人生。

其二　过孤山，再与林和靖书

孤山只是一把锁，
你练习过很多开锁的方式。
用鹤唳，用一缕梅花的香气，
最后，你找到了死亡这把钥匙。

但你的墓冢里只有一根玉簪和一方端砚。
你的名字里的"逋"字，意为逃亡，
而你被赐予的号，却是平和安定的意思。
究竟有何深意？
这也许要从你秘而不宣的身世探寻。

你在练习开锁技巧时，顺便把自己变成了一个诗人，
一个高明的匠人。
及至多年之后，人们才发现，
事实上你才是一把锁，
锁住了庙堂之上的那一双双眼睛，
顺便，也为西湖锁住了一湖烟雨和一缕梅魂。

多年以后我来到这里，
梅与鹤与你，皆已不在。
在你的坟边徘徊良久，耳畔传来的，并非鹤唳，
而是一句流行歌曲："一个岛锁住一个人……
深深太平洋底，深深伤心。"

诗外音:一千年了,暗香仍在浮动

一

奉化区裘村镇黄贤村,是一个静卧在象山港畔的安静村落,枕山面海,景色宜人。相传秦末汉初,商山四皓之一的夏黄公曾在此隐居,村名即由此而来。此说最早见于清人编纂的《忠义乡志》,其中有这样的记载:"黄贤村有商山,山西有黄公里,因汉'四皓'之一的夏黄公居此得名。"以此推算,这个小小的村落已经在山风海涛的洗礼中绵延了两千多年。

黄贤,也是宋代著名隐逸诗人林逋的故里,相关记载多见诸地方文献。无论如何,一个小小的村落,竟然与两位著名隐士相关,不能不让人格外关注。尤其是林逋,不光诗词光耀千古,其"弗趋荣利""趣向博远"的精神品格更是为后人激赏。

来奉化之前,我对于林逋的认识,只是停留在文学史课堂上的一知半解。负笈杭城期间,曾去孤山游览,因钦慕先生的高洁品格,也曾在其墓前拜谒和驻留过,但从未做过考证。天下山水胜地到处都有,其家乡奉化更是浙东山水佳处,林逋作为一个隐者,为什么偏偏选择隐于自古繁华的钱塘城边呢?

2016年,我到奉化供职,因为举办林逋诗会,对这位奉化乡贤的相关事迹有了更多的了解。但是越了解却越迷惑。林逋,这个谜一样的人物,身上究竟藏着多少秘密?

对于林逋的相貌我们不得而知。那个时代没有照相技术，即使有画师画下的肖像，也与其真人相差甚远，更何况当时林逋并无肖像存世。林逋究竟是何长相，我们也只能从其同时代人的描述，以及后人为其绘制的画像中窥豹一斑。

今天我们能看到的林逋画像，有坐像和半身像两种。坐像取自元代钱选的《西湖吟趣图卷》，今藏故宫博物院。半身像取自清代顾沅辑录、孔莲卿绘像、刊刻于道光十年（1830）的《古圣贤像传略》。另有四幅与鹤同幅的小画，分别为藏于中国美术馆的清代画家上官周所绘《孤山放鹤图》、清代画家任薰所绘《饲鹤图》，藏于安徽博物院的清代画家华嵒所绘《林和靖梅鹤图》，藏于故宫博物院的清代画家任伯年所绘《林逋携鹤》。存世不多的画像中，最得我心的还是钱选的《西湖吟趣图卷》，图上和靖处士一袭白衣，着儒巾俯于案上，双眼上望，若有所思，显得超尘脱俗。

林逋死后近十年才出生的大文豪苏轼，对林逋钦羡不已，甚至在梦中得见林逋本人："先生可是绝俗人，神清骨冷无由俗。我不识君曾梦见，眸子瞭然光可烛。"一位超尘脱俗的隐士形象跃然纸上，与后世钱选绘制的这幅图可谓相得益彰。在搜寻整理有关林逋的文献资料期间，我偶尔会放下案头工作，盯着这幅画看很久，心头涌上一个又一个谜团。

林逋的生平事迹，除了《宋史·隐逸传》中的记载外，主要见于南宋潜说友所撰《咸淳临安志》和宋桑世昌所撰《林逋传》。前者注云："以《东都事略》本传、梅尧臣所撰诗序、曾巩所撰史传、曾惜所编百家诗小序及旧志近事修。"搜辑不可谓不详备，然叙逋事迹却都是详晚而略早。其后元脱脱等所撰《宋史》中有林逋传，亦采录二传，了无增益。此后有关林逋的出身、经历、生卒年，历代文献都言之不详。沈幼征先生在他校注的《林和靖集·前言》中考证林逋生平时，亦谓"因材料不足而感到遗憾"。

按照通常说法，林逋祖上在晚唐五代时由福建迁入，定居大里黄贤村，《黄贤林氏宗谱》中有相关记载。但又有资料说他是钱塘人。《黄贤林氏宗谱序》开篇记载："黄贤以汉四皓夏黄公之所隐居而名也……林氏居于斯，自五代始。"据《黄贤林氏宗谱》记载，林氏家族世居福建长乐县，五代时，十世祖林登云居闽，婚配赵氏，育有四子，即林钘、林钏、林鐶、林钗。此后四子分别由闽徙居浙东，钘居象山鸡鸣山，钏居奉化林家钹耳山，鐶与钗则合居奉化黄贤大茅岙，成为黄贤村林氏之祖。宗谱中还提到："逋父钗，蚤世。"

宋曾巩《隆平集》记载："林逋，字君复，杭州人，祖克已，为钱氏通儒院学士。"乾隆年间陈树基辑录的《西湖拾遗》也提到，林逋的祖父名克已，曾仕五代时吴越王钱镠，为通儒学士。

那么《黄贤林氏宗谱》中提到的林登云和《隆平集》《西湖拾遗》中提到的林克已是同一个人吗？为何宗谱中不宗正史而改为林登云？林逋的籍贯究竟是哪里？

此外，林逋的名字也非常耐人寻味。逋，本义为"逃亡、逃跑"，做名词为"逃亡者"。如《易经》"讼"卦九二爻辞："不克讼，归而逋，其邑人三百户，无眚。""逋"字也可有多种词语组合，如"逋客"，指避世隐居的人或逃亡的人。唐寅有诗《题画》云："只容逋客骑驴到，不许朝官引骑来。"孔稚珪《北山移文》云："请回俗士驾，为君谢逋客。"又如"逋逃"，《尚书·费誓》云："马牛其风，臣妾逋逃，勿敢越逐。"究竟是出于什么考虑，家人为林逋取了这样一个看上去有点怪异的名字呢？

林逋的经历也是迷雾重重。《宋史·隐逸传》中说他"少孤，力学，好古，不为章句。性恬淡好古，弗趋荣利……结庐西湖之孤山，二十年足不及城市。"也许从这些简单的介绍文字中看不出更多的信息，但如果结合相关文献稍加推敲，就会发现一些疑点。按《咸淳临安志》中的说法，林逋卒年六十一岁，按照他隐居西湖二十年推算，可知他约四十岁时隐居西湖。可传记中对其四十岁之前的描述却只有寥寥数语。对于他的性情爱好，他无视名利的原因，他早年的经历，他青年时代漫游江淮间究竟发生了什么，几乎只字不提。这是史家的疏忽还是有意为之？其中又有着怎样的隐情？

有关林逋的早年经历，后人多从其诗文以及历代的文献资料中得知一二。林逋早年离开故乡奉化黄贤大茅岙后，大致经历了赴洛阳寻访李建中（西台）学书、客居曹州十年、江淮汴泗游历、历阳庐州结社交友以及客居临江等阶段。但这些经历在《宋史·隐逸传》中却被"初，放游江淮间"六字一笔带过。

林逋的感情生活同样成谜。林逋终生不仕不娶，却写出了《长相思》这样的爱情词：

吴山青，越山青，两岸青山相送迎。谁知离别情？

君泪盈，妾泪盈，罗带同心结未成。江头潮已平。

试问，没有动过真情的人，如何能写出这样深情的句子？

在忆及历阳结社期间的往事时，林逋曾写下"佳人暗引莺言语，芳草闲迷蝶梦魂"（《春日怀历阳后园游兼寄宣城天使》）的句子，表现出这期间他文人生活风流清狂的一面。这段生活，令其难忘，是否因为有让他难以忘怀的红颜？多年之后他托闺阁之妇口吻写下的词里，是否有其当年红颜的影子？

南宋灭亡之后，有人盗掘其墓，墓穴内仅有玉簪一根，端砚一方。虽然古代男子也戴发簪，但罕有以发簪作为随葬品的。况且玉簪与端砚合在一处，有很明显的合葬之意。那么林逋希望合葬的对象究竟是谁？玉簪的主人是否就是《长相思》一词中的闺阁中人？林逋为什么会以她的口吻写下这首词？他们之间曾经发生过怎样的故事？这些，都带给后人无限的猜度和想象。

二

林逋归隐的原因和目的成谜。

中国历史上的隐士，无外乎以下几种：一种是寄情山水、不恋王道、逍遥以行的真正的隐者，如上古时期的善卷、许由、巢父等；一种是试图由隐入仕、走终南捷径的隐者，如唐代的卢藏之流；大多数则是半隐半显，在出世和入世之间切换，他们虽退避山林，但目及天下，如鬼谷子、商山四皓、陶弘景一类的人，也有伊尹、姜尚、诸葛亮、庞统等胸怀天下、伺机而动的饱学之士；当然还有一些对时风感到失望或仕途失意而退居林泉的，如上古时不食周粟的伯夷、叔齐，割股奉

山河遗墨　173

君、功不言禄的介子推以及魏晋时期的"竹林七贤""浔阳三隐"等。

那么林逋究竟属于哪一种呢？要弄清这个问题，除了从他的身世经历去考察，还要对其诗文进行推敲揣摩。

在此之前，姑且让我们梳理一下中国的隐士文化。

"隐士"一词，按《辞海》的解释是"隐居不仕的人"。这个解释也不错，但忽略了对"士"的界定。隐士首先必须是"士"，符合"士"的标准。在中国文化中，"士"作为一个特殊阶层，大致类同现在的"知识分子"。而且一般的"士"隐居怕也不足以称为"隐士"，须是有名的"士"，即"贤者"。《南史·隐逸》云隐士"须含贞养素，文以艺业。不尔，则与夫樵者在山，何殊异也"？简言之，即有才能，有学问，能够做官而不去做，也不为此而努力的人，才能叫作"隐士"。

中国的知识分子，自三代以降，秉承的都是《左传》中提倡的立德、立功、立言"三不朽"的价值观，以天下为己任。曾子说："士不可以不弘毅，任重而道远。仁以为己任，不亦重乎？死而后已，不亦远乎？"主流文化对隐士都是持反对态度的，认为隐士逃避现实，应负国家衰亡之责。但隐逸的根源往往是政治黑暗和强权统治，正如《南史·隐逸》所云："夫独往之人，皆禀偏介之性，不能摧志屈道，借誉期通。若使夫遇见信之主，逢时来之运，岂其放情江海，取逸丘樊？不得已而然故也。"

中国历史上的文化名人，很多都有过隐逸经历。我们所知道的隐上，多为德才兼备的饱学之士。如果没有超乎常人的才华，恐怕早就湮没于历史的荒烟蔓草之中了。考察隐士的隐逸方式，有"小隐隐于野，大隐隐于市"之说。比如孔子最得意的弟子颜回，早年追随孔子奔走于六国，归鲁后未出仕，也并未刻意退居山林，而是穷居陋巷，箪食瓢饮，不改其志。秉承的其实也是隐士一贯的原则，即所谓天下有道则见，无道则隐。

当然，不同历史时期，隐逸的具体原因和目的也不一样。六朝之前，隐逸基本是隐士的个人行为，并不多见。但到了魏晋时代，却形成了一种社会风气，其根源多半是世风混浊和强权统治。魏晋文人放浪形骸的生活方式和谈玄尚远的清谈风气的形成，既和当时崇尚自然的思想有关，也和当时战乱频仍，特别是门阀氏族之间的相互倾轧有关。文人士子在对时政整体感到失望之后，开始朝着士人的本性回归。这一时期的隐士表面上看似超脱，实则内心大都十分苦闷。

那么林逋归隐是出于什么原因呢？我们先来考察其归隐之前的行迹。宋真宗景德年间（1004—1007），林逋曾游历江淮，到达安徽、江苏、江西、山东等地，对一度鼓舞士气人心的澶州之战发生兴趣，打算为捍卫国土、增强国威效忠出力。可是得到的却是宋辽达成"澶渊之盟"的消息。北宋与辽签订盟约之后，朝中一片哗然。真宗皇帝为了转移视线，又制造了封禅大典的闹剧，林逋对此必当有所耳闻。于是带着疲倦失望的心态结束了漫游生涯，来到杭州开始了持续二十年的隐居生活。而林逋选择归隐孤山，绝非单纯为了追求悠闲清旷的生活，只要对他在外游历到归隐的局势稍加分析，便不难得出这个结论。

他之所以选择隐居杭州西湖，在笔者看来，显然也是经过深思和考量的。尽管朝廷的无能、文人的无耻、忠臣的无辜带给他极大的刺激，但并未让他完全丧失入仕的愿望。林逋隐居西湖之侧，一方面是出于生活便利的考虑，以及和诗友往来酬唱的需要，更重要的应该是便于与朝中要员互通有无，以寻找入仕的机会。这一点，从其后续留下的诗文中也能找到蛛丝马迹。

林逋隐居的西湖所在的临安城，原为五代时期吴越国的西府，经济十分发达。吴越王钱俶主动归降北宋之后，先后被封为淮海国王、汉南国王、南阳国王、许王、邓王，地位尊贵，且原属吴越国的一些簪缨贵胄也大都保住了官职。因未经战乱，临安也还是一如既往地安定繁华。林逋隐居于此，不光方便联系旧朝故友，也方便结识当朝新朋。

依据相关史料记载，林逋隐居西湖后，以湖山为伴，常驾小舟遍游西湖的寺庙，与高僧唱和往来。但其声名很快不胫而走。丞相王随、郡守薛映均敬其为人，又爱其诗，时趋孤山与他唱和，并出俸银为其重建新宅。北宋名臣范仲淹、梅尧臣亦与其有诗文唱和。其这一时期与范仲淹唱和的《深居杂兴六首并序》之六云："松竹封侯尚未尊，石为公辅亦云云。清华自合论闲客，玄默何妨事静君。鹤料免惭尸厚禄，茶功兼拟策元勋。幽人不作山中相，且拥图书卧白云。"

这首诗，虽然借自然风物表明自己的林泉之志，但多以仕途经济一类作譬，已有此地无银之嫌。而范仲淹赠诗《和沈书记同访林处士》更直接证实了这一点："山中宰相下崖扃，静接游人笑傲行。碧嶂浅深骄晚翠，白云舒卷看春晴。烟潭共爱鱼方乐，樵爨谁欺雁不鸣。莫道隐君同德少，樽前长揖圣贤清。"由此可见，林逋并非完全不关心政治，而是在寻找进入仕途的机会。

林逋入仕的目的，并非追求个人荣耀，而是出于士子的家国情怀。这一点，从他的诗文中亦可判断。林逋有一首《送范寺丞仲淹》的诗，写于范仲淹写下著名的《上执政书》并于1027年冒哀越礼、上书宰相倡言改革之后。诗云："马卿才大常能赋，梅福官卑数上书。黼座垂精正求治，何时条对召公车？"把他与司马相如、梅福相提并论。范仲淹小林逋二十二岁，时年三十九岁，彼时只是一个寺丞属官。而林逋虽未出仕，但往来之人多朝廷要员，没有必要奉承范仲淹。林逋对其嘉许，很明显是赞同他的为政主张，从中也能看出林逋的政治抱负。

只是事情并没有按照林逋自己的意愿发展。据北宋李畋的笔记小说《该闻录》云："林逋处士隐居西湖，朝廷命守臣王济体访，逋闻之，投贽一启，其文皆俪偶声律之流，乃以文学保荐。诏下，赐帛而已。济曰：'草泽之士，文须稽古，不友王侯；文学之士，则修词立诚，俟时致用。今逋两失之。'"

听说朝廷有意，林逋即刻奉上诗文。由此可见林逋还是希望通过举荐出仕的。但林逋的这种表现却让王济大失所望。王济回去复命时，只以文学保荐林逋，不谈其他，直接封死了林逋的进阶之路。这也许是《宋史·隐逸传》中"真宗闻其名，赐粟帛"的真正原因吧。说白了，朝廷需要的并非股肱之臣，而是一个被推上道德高地的隐士，通过对其加以褒奖以示尊崇贤者的态度。

也许王济之访和真宗赐帛就是一个分水岭,自此以后,断绝出仕之路的林逋才成了一个真正意义上的"隐士"。于是,接下来,我们才看到之后二十年足不及城市,常驾小舟遍游西湖诸寺庙,与高僧唱和往来,"梅妻鹤子"的林和靖先生。"秋景有时飞独鸟,夕阳无事起寒烟。迟留更爱吾庐近,只待重来看雪天。"(林逋《孤山寺端上人房写望》)一个真正绝俗之人由此沐水重生,澡雪而立,并最终从一枝梅花里,找到了一缕灵魂深处的暗香。

1028年,六十一岁的林逋在傲雪的梅花中,永远闭上了那双看透纷纭世界的眼睛。临终绝笔诗云:"湖上青山对结庐,坟前修竹亦萧疏。茂陵他日求遗稿,犹喜曾无封禅书。"也许那一刻,他在庆幸自己保全了一个隐士的名节?

三

林逋的卒期及其身后事也是一个谜团。

林逋的生年,史料族谱均无记载,其卒期则多见于各种文献。其中李焘《续资治通鉴长编》与桑世昌《林逋传》中的记载一致,均为天圣六年(1028)十二月。北宋诗人宋祁有《伤和靖先生君复二首》,其二云:"贤嗟岁在辰。"也说明林逋卒于岁次戊辰的天圣六年(1028)。

《宋史·隐逸传》中还记载了一件事:"逋尝客临江,时李谘方举进士,未有知者。逋谓人曰:'此公辅器也。'及逋卒,谘适罢三司使为州守,为素服,与其门人临七日,葬之,刻遗句内圹中。"此事与周淙《乾道临安志》记载的李谘知杭州的时间亦相符。种种迹象表明,林逋应该卒于天圣六年(1028)。但是令人瞠目结舌的事情又出现了。

据北宋吴处厚所撰《青箱杂记》卷六云:"……迨景祐初,逋尚无恙。范文正公亦过其庐,赠逋诗曰:'巢由不愿仕,尧舜岂遗人?'又曰:'风俗因君厚,文章到老醇。'其激赏如此。"以此判断,林逋应卒于景祐初年(1034)之后。

另外,梅尧臣《送林大年寺丞宰蒙城先归余杭逋之侄孙》诗云:"东方有奇士,隐德珠在渊。川壑为之媚,草树为之妍。殁来十五载,独见诸孙贤。"林大年是林逋的侄孙。学者朱东润《梅尧臣集编年校注》考订此诗作于皇祐五年(1053),则逋殁似应在宝元元年(1038)。

南宋词人叶梦得笔记《避暑录话》卷下也有一则有关林逋的记载:"范文正公知苏州,尝疑夷狄当有变,使复占之……及元昊叛,无一不验者。仁宗闻而召见……命以大理评事,不就,赐号而归。杭州万松岭,其故庐也。时林和靖尚无恙,杭州称二处士。"据史料记载,西夏李元昊于宝元元年(1038)十二月叛乱。依叶说,林逋更是活到了1038年之后。

对于以上三点疑问,也曾有多名学者给出解答。湖南湘潭师范学院李一飞教授曾逐一进行了考证,认为吴处厚所记之事多不可信。范仲淹与林逋的唱和多在天圣年间,范有《寄林处士》《寄赠林逋处士》《寄西湖林处士》《与人约访林处士阻雨因寄》《和沈书记同访林处士》等多首,《青箱杂记》所引二联即在其中,并非作于景祐年间。而梅尧臣的诗"殁来十五载",针对的是下文的"煌煌出仕途"句言,指林逋去世距离林大年出仕之初有十五年,而非距梅尧臣作此诗时十五年。而

山河遗墨　179

叶梦得的记载来自曾巩的《徐复传》，曾巩原文中并无"时林和靖尚无恙"一句，故不可信。此外，目前尚未发现林逋的诗文有作于天圣六年（1028）之后的，这也可以从侧面证实相关文献中记载的林逋卒期大致可信。

亦有学者不认同这些解释，如著名文史学者、诗人柯平在其《为林逋卸妆》一文中有更加翔实和精彩的考证，有兴趣的朋友不妨找来一阅。

据说林逋生前就在其庐之侧为自己修好了坟墓。林逋死后，他的侄子林彰（时任朝散大夫）和林彬（时任盈州令）同至杭州，为其治丧尽礼。这一点在《宋史·隐逸传》里同样未提及，对于林逋身后墓葬的情况，也并无确切记载。

宋室南渡之后，杭州变成了帝都，孤山成为皇家寺庙用地，山上原有的宅田墓地等多数迁出。林逋因其名节，坟墓得以保留，而这也给林逋带来了后患。据张岱《西湖梦寻》："绍兴十六年建四圣延祥观，尽徙诸院刹及士民之墓，独逋墓诏留之，弗徙。至元，杨琏真伽发其墓，唯端砚一、玉簪一。明成化十年，郡守李瑞修复之。"

张岱是明清之交的人物，和林逋坟墓被盗事件相隔了数百年，所记之事肯定另有出处。明代田汝成《西湖游览志》中亦有相关记载，但田汝成大约生活在明代正德嘉靖年间，与林逋坟墓被掘的年代依然相差甚远。那么他的记载又从何而来呢？再查，笔者又找到以下两个版本：

一是郑元祐的《遂昌杂录》，其中记载："和靖先生岂有颔珠者，而杨琏真伽亦发其墓焉。闻棺中一无所有，独有端砚一枚。"二是陶宗仪的《南村辍耕录》，其中记载："至元间，释氏豪横，改宫观为寺，削道士为髡。且各处陵墓，发掘迨尽。孤山林和靖处士墓尸骨皆空，惟遗一玉簪。时有人作诗以悼之曰：'生前不系黄金带，身后空余白玉簪。'"

《南村辍耕录》的作者陶宗仪生活在元末明初。《遂昌杂录》的作者郑元祐生活在元代，其出生时间与杨琏真伽盗墓的时间相隔不远，且为钱塘本地人，还自述小时候曾见到倒在地上的林逋墓碑，可信度应该是最高的。而田汝成的《西湖游览志》，应该是综合了二者的说法。

比较《遂昌杂录》和《南村辍耕录》所记，二者依旧有明显的分歧。最大的不同在于端砚和玉簪的有无。根据《南村辍耕录》所记上下文判断，也许是在传抄过程中出现了笔误，也许是有意更换了墓中之物，以表现林逋生前高洁的品格，毕竟后文有两句诗为证："生前不系黄金带，身后空余白玉簪。"

让笔者更感兴趣的是，两处笔记都证实林逋之墓打开后并无尸骨。前文已经强调，郑元祐的出生时间距杨琏真伽盗掘林逋之墓的时间并不远，而杨琏真伽盗墓是在至元间（1264—1294），距离林逋去世也仅二百余年，正常情况下尸骨不可能腐烂殆尽。

据史料记载，恶僧杨琏真伽在宰相桑哥的支持下，盗掘钱塘、绍兴宋陵，窃取陵中珍宝，弃尸骨于草莽之间。绍兴人唐珏等人以假骨易诸帝遗骨，葬于兰亭，植冬青树为识。但笔者查阅相关史料，未见提及林逋尸骨。作为一个生前即为自己选好墓圹、写好墓志铭的人，林逋的死应该是从容不迫的。史料也称其身后有子侄为其料理后事，却为何尸骨无存？笔者曾多次去林逋的出生地黄贤大茅岙，也未听说有林逋归葬之事。

有关林逋的子嗣，也存二说。一说见于《宋史·隐逸传》："逋不娶，无子，教兄子宥，登进士甲科。宥子大年，颇介洁自喜，英宗时，为侍御史，连被台檄出治狱，拒不肯行，为中丞唐介所奏，降知蕲州，卒于官。"二说见于施鸿保《闽杂记》，其中记载清嘉庆二十五年（1820）林则徐任浙江杭嘉湖道，亲自主持重修孤山林和靖墓及放鹤亭等，发现一块碑记，记载林和靖确有后裔。据施鸿保分析，林和靖并非不娶，而是丧偶后不再续娶。

如果林逋有后裔，其名为何不见于文字记载？如果林逋过继了侄子，且登进士甲科，为何没有出面料理林逋后事？

带着这些疑惑，重温《宋史·隐逸传》中的林逋传记，发现并不能找到答案，反而更加疑惑：林逋"少孤"，其父因何早逝？为何强调他"性恬淡好古，弗趋荣利"？青壮年时代他为何"放游江淮间"，其间经历了什么？为何他生前即为自己修好了坟墓，死后却尸骨无存？

就连林逋的诗文作品也是迷雾重重。

《宋史·隐逸传》中称："逋善行书，喜为诗，其词澄浃峭特，多奇句。既就，随辄弃之。或谓：'何不录以示后世？'逋曰：'吾方晦迹林壑，且不欲以诗名一时，况后世乎？'然好事者往往窃记之，今所传尚三百余篇。"

所以，现存的林逋诗文是否全部为其原作，还是经过了后人的加工，抑或有后人的附会之作？此外，他究竟还有多少散佚或为他人所占有的作品？这些都不得而知。即便是我们熟知的一些作品，其写作动因和时间也很难确定，尤其是他与梅尧臣、范仲淹等人的唱和之作。而这些直接关系到对其归隐原因、归隐确切时间的考证。

林逋诗文中最为人所称道者,是七律《山园小梅》,其中的"疏影横斜水清浅,暗香浮动月黄昏"历来为方家激赏,被引为咏梅诗的绝唱。这句虽脱胎于五代南唐诗人江为的"竹影横斜水清浅,桂香浮动月黄昏"残句,但经过林逋巧妙的移花接木,却让梅花形神毕现。原句既写竹又写桂,均未尽其妙。但这毕竟不是完全意义上的原创,亦为后人诟病。

尽管如此,林逋在诗词方面的才华却无法被抹杀。他的《宿洞霄宫》中有"此夜芭蕉雨,何人枕上闻"句,《孤山寺端上人房写望》中有"秋景有时飞独鸟,夕阳无事起寒烟"句,有篇有句,即使置于唐宋一流诗篇中亦不逊色。事实上,林逋的艺术成就远不止于此。据宋人沈括说,他高逸倨傲,博学多识,不但诗词双绝,而且工于书法,特别是行书,潇洒飘逸,骨力清劲。明沈周诗云:"我爱翁书得瘦硬,云腴濯尽西湖绿。西台少肉是真评,数行清莹含冰玉。宛然风节溢其间,此字此翁俱绝俗。"林逋书法,在他的同时代稍晚,就赢得了广泛赞誉。陆游说:"君复书法又自高胜绝人,予每见之,方病,不药而愈,方饥,不食而饱。"苏轼更是赋诗高度赞扬林逋之诗、书及人品,乃至半个世纪后,他一到杭州,就立刻赴孤山寻访林逋踪迹,并留下了著名的《书和靖林处士诗后》一诗:

吴侬生长湖山曲,呼吸湖光饮山绿。
不论世外隐君子,佣儿贩妇皆冰玉。
先生可是绝俗人,神清骨冷无由俗。

我不识君曾梦见，眸子瞭然光可烛。

遗篇妙字处处有，步绕西湖看不足。

我相信，两位诗人的隔空相遇，相互凝视的眸子擦出的火花，再次点亮了山河风物和一段暗淡的文化苦旅。

也许再精彩的考证，也不可能完全还原事实和真相。"金谷年年，乱生春色谁为主？余花落处，满地和烟雨。"作为一代清幽绝俗的诗词圣手、备受赞誉的书法大家和品行孤绝的隐士，林逋尽管已经逝去了近一千年，但这个谜一样的男人，像梅花凋后的暗香，一直笼罩在中国历史文化长河的上空，为他的一代又一代的拥趸留下了太多的不解之谜。

我曾和朋友多次讨论过有关死亡的话题，印象最深的，是我曾经看到的一段话："死并不可怕，但遗憾的是一个人心里的秘密，它未曾与人相遇的部分，未曾与另一颗心触碰的部分，再也无法相遇和触碰了。无论爱与被爱，再也无从感知了，这才是最大的遗憾和悲哀。"

时间回到九百多年前的某个时刻，"梅妻鹤子"的和靖先生，在他弥留之际，是否也有这样的遗憾和悲哀？

16. 六诏遗墨

　　为什么要写下这个村庄？这个不起眼的小小村庄，坐落在我无数次经过的通往浙西的山道旁，看上去如此普通，周围也并无多少令人惊艳的风景，却一次又一次吸引了我的目光，以至我终于把途经变成了特意探访，一次又一次走近它又走进它。原因基本上都在下面的诗文中。

——题记

与王右军书

其一　六诏

永和九年那场托名修禊的雅集才刚刚过去，
一切正如你所说，
俯仰间已为陈迹。
曲水流觞，已经成为你们
未尽的衷肠。
和你一起进山的，还有许询他们，
都已找到纵浪大化的方式。

所谓六诏不赴,亦即证明。

抱朴之心,往往有着疏狂的姿态。

而修禊,其实只是清洁精神的需要。

你试图用自己的癫狂,证明病了的

并非自身,而是与日俱下的世风。

你从剡溪一只鹅的侧影里,看到了笔法、时间的线条。

你用来研墨的砚石,还在被流水打磨。

而若干年后,我看到的时有家禽光顾的墨池,

已不复当年风雅。

只有漫山的茂林修竹,还和当年大致相同。

只有剡溪,依旧映照着两岸虚幻的面孔,

它中间的清流急湍,还氤氲着时间深处的雾气。

其二　晚香岭寻访王右军祠不遇

没有一辆小车能送我们回到晋代。
在晚香岭，我们想要寻访的事物，
已经被一场又一场秋风，吹得杳无踪迹。
就连右军祠，也和他当年的别业一样，
成了时间里的谜团。

这并不奇怪，六道诏书都无法召回的人，
时间的挽留也徒劳无功。
当年，风尘仆仆赶来的易安居士，
面对的，恐怕同样只是一溪烟雨。

秋意渐深，剡源村路边的小摊上，
纯朴的农妇向我们兜售一种名叫吊红的柿子。
时间就是这样，
能吹空一座庙宇，
也能催熟枝头的硕果。

在沙溪镇的小酒馆里，
借着昏暗灯火，
我们相互辨别同伴以及自身
在时间里的面孔。
因为用不了多久，

我们用汽车尾灯划开的归程,很快就被两侧涌来的夜色覆盖。

诗外音：一曲溪头内史家

一

王羲之与奉化六诏的关联，最早见于宋元之际鄞县人陈沆所著的《剡源九曲图记》。其中有这样的表述："水一曲而为六诏，晋右将军王公逸少隐居其间，诏六下而不起，地由是名。"元代诗人陈基有诗云："一曲溪头内史家，清泉白石映桃花。当时坚卧非邀宠，六诏还朝成世夸。"

清代徐兆昺所著《四明山志》这样记载："一曲在六诏，有王右军庙。右军隐于此，六诏不起，故名。山有砚石，云右军所遗也。"清代史学家、文学家全祖望《剡源九曲辞》写道："溪流泻碧玉，蜿蜒出山麓。山溪雨蒙蒙，遗音在山谷。"

光绪《奉化县志》记载："奉化县西有水曰剡源，夹溪而出，其地近越之剡县，故名。以曲数者凡九。一曲曰六诏，有晋王右军祠。右军隐于此，六诏不赴，故名。山有砚石，右军所遗也。右军宅在金庭，其去六诏密迩，故别业在焉。"

通观这些史料，其中陈沆的记载可谓滥觞。但问题是，王羲之隐居六诏的逸事距离陈沆生活的宋末元初，已历南北朝至隋唐两宋多个朝代，均不见记录，陈沆又是从何得知？陈沆之父陈著为宋理宗宝祐年间进士，为官有清名，宋亡后退隐雪窦山西坑村。陈著能诗文，1292年聘修县志。著《历代纪统》《本堂先生文集》，但其诗文内均无相关记载。

比陈沆稍早一些的奉化乡贤戴表元，吟遍了家乡的山水胜迹，但在其诗文中，亦不见与六诏右军相关的内容。根据目前可见的材料，的确只在元代陈沆及其后，六诏一事才陆续见诸相关诗文史志。我们知道，地方大规模修志始于明清之际，尤以清代为甚，这也是目前各地方志多为清志的原因。自晋以来，在奉化留下痕迹的文士并不鲜见，尤其是唐开元间立县以来，文献大开，人文荟萃，有关六诏之事，为何直到陈沆时才见诸文字记录？这不能不说是一件令人颇费思量的事。

　　有趣的是，在民间传说中，王羲之与六诏产生关联的时间更早。据说吴越王钱镠曾任镇海军节度使，驻浙东一带，对王羲之隐居的六诏亦颇感兴趣，特地前往巡视。可以引以为证的是，在距离六诏不远的村庄中存有一座钱王庙，据说就是村民为纪念其巡视而建。该村在六诏以下，剡溪二曲处，村名曰跸驻，也是因为吴越王驻跸而得名。

　　吴越王驻跸一事大约是有的，但据史料记载，此吴越王应是忠懿王钱俶而非钱镠，其目的也不是寻访王羲之遗迹，而是拜访隐居在此处的名士陈文雅。陈文雅出山后，官至殿中监，人称陈殿中。殿中监，是殿中省的主官，掌皇帝饮食服饰。此事亦见于《四明谈助》："五代时，陈殿中隐于此，吴越忠懿王亲往顾之，故有是名。"只不过随着时间的推移，作为村名的两个字颠倒了。不过，如果六诏与王羲之有关联，那么吴越王借机寻访也在情理之中。

　　有意思的是，"六诏"村名在《嘉泰会稽志》中写作"陆照"（"嵊县……东至庆元府奉化县一百四十里，以陆照岭为界"），元延祐七年（1320）编成的《四明志》里同样写为

"陆照"（"剡溪在州西七十里。导自陆照，左溪会，同流于公棠"）。

两志同一处提及的其他地名，诸如"公棠"，于今基本无误，由此似乎可以证明：陈沆所言六诏也许就是"陆照"之误，至于是否有意为之却未可知。

但事情另有吊诡的一面。有关六诏不起的记载，的确在宋时就出现了。一般来说，对于一个地方人事的变迁，文人的诗词笔记中往往多有附会之文，不可轻易作为证据。古人判定人事变迁的有无，除了实物，首重史志。此外，一些族谱一般亦可作为依据。所谓国家有史，地方有志，家族有谱。族谱蕴藏着大量人口学、社会学等原始资料，是研究宗族和地域文化的重要文献。

琅琊王氏，作为中国历史上最有名望的两大家族之一，为两晋南北朝时的特权阶层。而当时的特权阶层都有着严格的认定标准，其主要依据，就是严格编修的士族谱系和户籍。作为门阀士族中的顶级望族，王氏族谱在两晋时期都是奉旨编修的，唐以后才开始私修。尽管为私修，金庭王氏对于编修族谱有着严格的规定，迄今为止历经的九次编修都标注得很清楚，所记之事也大都可信。

在《金庭王氏族谱》中有竺渔隐诗："天上虚劳诏六飞，书台墨沼自栖迟。将军岂是忘王室，曾悟华亭鹤唳时。"说的也是王羲之六诏不起的故事。中国古代的村名，多为原住民根据地形地貌或家族聚居地而赋，大多平俗，在漫长的时间里或经文人、乡贤加工而雅化。但像"六诏"这种以帝王下诏书之事命名的，相对较少，所以其出必有因。若无来由，乡野村夫自是无法凭空想象出来，文人墨客也必不敢如此命名。这或可印证六诏一事的存在。至于村名出现的时间，也当在王羲之六诏不起之后。

六诏不起的故事，在嵊州金庭和奉化六诏一带一直口口相传，甚至连当年王羲之避诏的路线都能表述得清清楚楚。据金庭王氏后裔称，2020年12月和2021年1月，其本人与族兄王谷江曾两次专程赴六诏村采访实考并录音，其中一位八十五岁高龄的王阿婆称："嵊县金庭观是第一道（关），我们这里是第二道（关）。"并用一段顺口溜讲述了王羲之为躲避钦差由金庭去六诏的路径："走过七（溪）里坑，翻过撞天岗，下落火炎岭，经过水低（碓）头，再到万山（晚香）岭。"这段顺口溜在一定意义上佐证了当年王羲之从嵊州瀑布山到奉化晚香岭的路线。

事实上，考察王羲之六诏不起之事，还需要根据另一史实讨论。晋穆帝司马聃（343—361），两岁时即位，由其母皇太后褚蒜子摄政，何充、蔡谟等辅政，后期朝政主要由会稽王司马昱把持。王羲之辞官归隐时，穆帝只有十二岁，对此事即使了解，估计也不会做出什么反应，那么是出于什么原因会连下六道诏书召回王羲之呢？笔者以为，应该与司马昱有关（司马昱为王献之的岳父），具体时间也应在升平二年（358）左右。随着穆帝年近弱冠，司马昱欲还政于穆帝，应该于此时举荐了王羲之入朝辅政。（殷浩北伐失败后，东晋的军事大权逐渐掌握在桓温手中，而王羲之与桓温亦交好。此时诏命王羲之出山，协调朝廷内外之事，应该是合理的。）

我们根据常理推断，如果真有钦差前往宣诏，应该会沿着熟悉的官道直接前往王羲之隐居的金庭。那么根据当时的交通情况，朝廷的钦差应该首先沿曹娥江一线的山阴道抵达金庭，而王羲之也应该表达了不再出山的意愿，之后为了躲避征召而由金庭转到了六诏。其行走的路线根据山形地势来看，最合理的居然与前面那位王阿婆的口述完全一致。八十多岁的老人，不可能踏勘好路线再去编故事，这也可以证实这个故事的可靠性。钦差后来在金庭不遇王羲之，为复圣旨，也有可能追访到六诏。时间久远，我们不知道王羲之在此处躲避了多久，但至少可以清楚，六诏得名确与此事有关。

至于王羲之是否在此建有别业，也须另当别论。事实上，王羲之从退隐金庭到病卒，仅七年时间，其金庭产业自入浙时就开始营造，历时十数年方成规模。退隐之后，短短几年间在六诏再建别业，时间上不允许，生活上也似乎没有必要。一则六诏距离金庭不远，也就十五六公里的路程；二则六诏周边山水并不见佳。所以笔者认为，即使有别业，其形制规模也应该很小，主要是作为避诏时的容身之处。另外，作为一代书圣，王羲之身后声名日显，在唐代被推到了无以复加的高度。其祖籍山东临沂、为官之地绍兴兰亭以及归隐之地嵊州金庭都有大量的遗迹，为何独六诏无迹可寻？如果真建有别业，王氏后人不可能不看管，即使被毁坏，至少也会留下文字记载吧？但我们并没有从文献中看到相关记载。

仔细想来也并不奇怪。文化的传承流变，恰如流淌的溪水，并不会时时显于形，而会历经曲折，时有晦明。金庭王氏一脉，历经右军及其子孙几代之后，渐趋衰落。在唐以后，历经战乱，后世子孙也多有流散。这期间其金庭繁衍之地都几经变化，何况一个并不要紧的别业（如果有的话）。而奉化这边也是同样的情况。两宋期间，金人南侵，整个县治遭遇兵燹，人民流离失所。至元代，再次遭遇重创，域内村民几无幸免。后世的剡源六诏居民，早已不是晋人子孙，对前朝旧事几无所知。后世的文人士子，也是从遗留的片言只语中，从民间口口相传的记忆中，从遗留的民族心灵秘史中逐渐拣拾出一砖半瓦，逐渐拼凑恢复，这才有了文化的传承。至于其中真伪，早已漫漶不辨。

至于王羲之为什么会六诏不起，我们还需从永和九年的那场著名的雅集说起。

二

作为中国文化史上最著名的一次雅集，永和九年（353）的这场诗会，带给王羲之和后世的意义是不言而喻的。这场修禊盛典，不仅汇集了王羲之、谢安、孙绰等四十二人，差不多包括了东晋时期一半的顶级文化精英，更重要的是，它直接催生了中国文化史上的一件顶级书法作品，这就是文字双绝的《兰亭序》。时至今日，作为书法神品的《兰亭序》正本仍旧下落不明，甚至连摹本的真伪也众说纷纭。但这并不妨碍它"天下第一行书"的地位。与之相匹配的，还有这短短二十八行、三百二十四字序文本身所透露出的文化精神，至今仍散发着强劲的生命力。

书写它的人，大约也没有想到，当年的那场雅集并未如他在文中所感叹的——"俯仰之间，已为陈迹"，而是穿透了时间的迷雾，吸引着一代又一代人咂摸感慨、追溯探究。以至《兰亭序》之后，千百年来，仍有人循着他生前的行状、他退隐后的行踪，去追寻他的人生轨迹和精神源流。

永和十一年（355），五十二岁的王羲之在父母墓前立誓，永不再仕。他称病弃官，挂靴而去，隐入深山。王羲之辞官，在琅琊王氏家族中没有先例，在朝廷中引起不小的震动。一时耆老士庶纷纷劝慰。但王羲之心意已决，彻底告别了官宦生涯。以至最后"朝廷以其誓苦，亦不复征之"。

王羲之辞官的原因，据称是因为与会稽刺史王述交恶。但事实上，与王述的龃龉，只是王羲之辞官的诱因而已。他退隐深山，还有着更深层次的原因。

滥觞于曹魏西晋时期的琅琊王氏，于东晋初年发展到鼎盛时期，史称"王与马，共天下"。王羲之的父辈，王导、王敦及其父王旷都是东晋重臣，在东晋朝堂上有着举足轻重的地位。但就在王羲之刚满二十岁之际，其从伯王敦发动叛乱，击败朝廷军队，后自任丞相。明帝即位后平叛，王敦从弟王导率族中兄弟子侄二十余人，每天天亮时就到台阁处等待议罪领罚。司马睿因王导素来忠诚正直，赦免了王氏一族。而此前王羲之的父亲王旷也在北击匈奴时战败，下落不明，坊间有传其降敌。以上种种，让王羲之过早地看到了朝堂争斗的复杂性，可能也为其退隐埋下了伏笔。

王羲之致仕的根本原因，还是他的心性使然。东晋谈玄之风盛行，王氏家族及王羲之本人亦有很深的道教情结。根据王羲之留下的书札可知，其早年患有癫痫，成年后患有风湿、胃病，经常与一些名士一起参禅悟道，炼丹服药。担任会稽内史期间,王羲之俨然已经成为当时社会清流中的领袖。这从兰亭雅集中即可看出。王羲之与其相娱,乐在其中,久而久之,便萌生了归隐山林的想法。

事实上,王羲之初到浙江就有了终焉之志。他选定金庭作为晚年退隐之地,除了金庭的山水形胜,还有一个原因,即金庭乃是道家第二十七洞天,为周灵王太子王子晋的清修之地。王子晋,又名王子乔,号白云先生,是我国王氏的创姓祖。剡东金庭山有一岩洞,名白云洞,传为王子晋栖神处。永和七年(351),王羲之为右军将军、会稽内史。初到会稽,便在右军长史孙绰陪同下,择定剡东金庭为其自琅琊南迁江南后的新家。孙绰曾任章安令,撰《天台山赋》,自然知晓这些。所以王羲之择居金庭,是皈依其始祖王子乔,正如其二儿媳谢道韫诗"腾跃不能升,顿足俟王乔",也有跟随王子乔羽化成仙的梦想。

根据《金庭王氏族谱》记载,辞官之后,王羲之携子王操之由会稽蕺山徙居金庭。建书楼,植桑果,教子弟,赋诗文,作书画,以放鹅弋钓为娱。他和许询、支遁等人,开始遍游剡地山水,最远到了临海郡(郡治在今浙江临海县东南)。可能还曾到过永嘉郡(郡治在今浙江温州市北),此地至今尚有很多与王羲之有关的名胜古迹。王羲之陶醉其间,常自叹"我卒当以乐死"(《晋书·王羲之传》)。

但命运并没有给这位天才更多的时间,晋穆帝升平五年(361),一代书圣就走完了自己的人生旅程,享年五十九岁,距离他退隐金庭,仅仅过去了七年。

有关王羲之的死因,学界有多种说法。普遍的观点认为,其早年患有癫痫,后期又染风湿及胃疾,身体状况一直不大好,加上退隐期间迷恋丹药,这从某种程度上加剧了其旧疾复发。五十九岁的年纪,虽然谈不上英年早逝,但也是天不假年。

对于书圣的身后之事,一般认为,他卒于会稽金庭,葬于金庭瀑布山(又称"紫藤山"),其五世孙衡舍宅为金庭观,遗址犹存。梁大同年间(535—546),嗣孙建祠于墓前。但也有人据宋《嘉泰会稽志》,认为王羲之并非终老于山阴,而是诸暨苎萝。

总之,一代书圣匆忙驾鹤西去,带走了他无数秘而不宣的笔法,也为我们留下更多的未解之谜。

三

现在回到六诏村。前面说过,六诏村曾一度被书为"陆照"。究竟是先有陆照之名,后因六诏不起而改名,还是先有六诏之名,后历经战乱,导致原住民逃散亡故,后居者依照谐音名之为陆照?如今都不可知。

目前村中仅存的一方墨池、一方砚石和一座已经迁建的王右军庙,也无从证实其就是右军遗存。其中的墨池,镶嵌在六诏村一处居民的狭小院落中。据村民说,原来的墨池从房前东侧一直延伸到西侧,无论天气如何,池水从不干涸。但今天看到的,仅存三四十年前的一半,长不盈丈,宽不足两米,已无足观。

村中原有的王右军庙,亦不知建于何时。庙内有清咸丰年间写的一副楹联:"山色壮四明,看此地岭含万象;书名高两晋,愿先生笔扫千军。"据说庙里曾供奉过一方石砚。1922年奉化大湖山山洪暴发,冲走了石砚。神奇的是,1988年大湖山又一次暴发山洪,流失的石砚竟被重新冲刷出来。现在,这方石砚陈列于溪口博物馆,上面还刻有"右军遗迹"四个大字,原来这是清代奉化著名书法家毛玉佩按古人记载重制的"右军砚"。20世纪60年代初,王右军庙毁于火患。直到90年代,村民才在晚香岭重建了王右军庙。因受资金、土地等影响,规模已远不及当年了。

若干年后,我从远处赶来,寻访王右军庙。迎接我的,只有立于晚香岭公路边的一幢仿建的王右军庙,粗陋的门楣上用电脑字库里的字体印刻着"王右军庙"四个大字。倘若右军泉下有知,不知该作何感想。

一念至此,忽然又记起永和九年那场著名的雅集,那趁着酒兴写下的旷世奇文:"当其欣于所遇,暂得于己,快然自足,不知老之将至。及其所之既倦,情随事迁,感慨系之矣。向之所欣,俯仰之间,已为陈迹,犹不能不以之兴怀。况修短随化,终期于尽。"

望着眼前的剡溪,我忽然意识到,其实根本不必再遍查史料去探究王羲之究竟有没有来过六诏、是否在此处建有别业。即使未曾来过,其六诏不起、践守承诺、不事权贵、超然物外的精神也早已照拂在这条蜿蜒流淌的剡溪上。

今天,有关右军在兰亭、金庭、六诏的真实经历,那些真实的血肉之躯,那些极致的精神狂欢,都已离我们远去,再也无法追回。但其留下的风雅,留下的对死生之大、对世事变迁的思索,将始终伴随着我们,让我们,也让更多的后来者,继续有感于其文!

晚香岭

建炎四年（1130）的早春仍旧多雨，
新发的草木努力掩饰着被风霜损伤的山体，
但人间的残缺已无法修补。
自德甫死后，经历了几年战乱逃亡，
现在总算可以稍稍安顿下来。

经过一段时间的休养，
你的气色稍稍得以恢复，
《金石录》的修订有望在近期完成，
这给你带来了些许安慰。

偶尔你会去附近的右军祠凭吊。
一所废弃的建筑，已不复当年模样，
那方墨池也行将干涸。
那又能怎样呢？
整个国家都已支离破碎，
乍暖还寒时节，你能抱紧的只有自己的双肩。

《金石录》里所记的器物，大都已遗失，
但只要把它们留在纸上，你仍能感知它们的存在。
是的，山河也许易主，但金石不会变色。
山河破碎，但在纸上仍须完整。
墨池干枯，但书写还在继续。

如同眼前这座行将倒塌的建筑,你仍能感知到它高洁的风骨。

你仍能从那一方废弃的墨池深处,看到无法褫夺的文化基因。

诗外音：空山溪谷余晚香

宋建炎四年（1130），李清照来到了奉化。

"那一年，大宋王朝风雨飘摇、国破家亡，为避金兵之乱，李清照一人携古董收藏流落江南，其中包括《兰亭序》定武拓本。当年的正月至四月间，她在奉化溪口镇六诏村寓居了约四个月。之后，李清照为寻访王羲之的遗踪，又一次来过六诏村。"

这是浙江大学陶然教授考证出的结论。

易安居士有没有来过奉化，当然不能只看一家之言。笔者目前查阅到的资料共有以下几种：

一是易安居士在《金石录后序》中提到的靖康之难后，随朝廷南下逃亡的过程："有弟远任敕局删定官，遂往依之。到台，台守已遁。之剡，出陆，又弃衣被，走黄岩，雇舟入海，奔行朝，时驻跸章安。从御舟海道之温，又之越。庚戌十二月，放散百官，遂之衢。绍兴辛亥春三月，复赴越。壬子，又赴杭。"根据上下文可知，李清照可能有两次途经明州。一次应该是建炎三年（1129）末至建炎四年（1130）初，即从建康赴台期间；一次应是之后"从御舟海道之温，又之越"期间。

二是根据人民文学出版社1979年版王学初校注的《李清照集校注》可知：建炎三年（1129）八月，赵明诚卒于建康，李清照携所有古铜器随圣驾赴越州投进，以消"玉壶颁金"谣言。抵越州后旋往台州。建炎四年（1130）二月，随御舟至温州。三月又到越州。

三是根据历代文史笔记中的相关记载。元袁桷在《清容居士集》卷四十六《跋定武禊帖不损本》中云："赵明诚本，前有李龙眠蜀纸画右军像，后明诚亲跋。明诚之妻李易安夫人避难，寓吾里之奉化，其书画散落，往往故家多得之。后有'绍勋'小印，盖史中令所用印图画者。今在燕山张氏家。"

袁桷，字伯长，号清容居士，庆元鄞县人。曾任丽泽书院山长。始从戴表元学，后师从王应麟，以能文名。在朝二十余年，朝廷制册、勋臣碑铭，多出其手。文章博硕，诗亦俊逸。工书法，对音乐亦有造诣，著有《琴述》。另著有《易说》《春秋说》《清容居士集》《延祐四明志》等十余种。《延祐四明志》考核精审，为宋元四明六志之一。其说当可信。

这件事，在清代鄞县学者全祖望《鲒埼亭集》卷二《李易安兰亭叹序》里同样可以得到印证。序云："前有龙眠所作右军小影，毫发无损，易安流寓奉化，遂归史氏。宋亡，流转入燕，是吾乡兰亭掌故也。京邸曾见之于宗室贝子斋中，谷林劝予以诗纪之。"在清代的时候，这本《定武禊帖》又流入皇室贝子书斋中。全翁的诗里写道："兰摧芝焚亦天孽，孤鸾飘泊剡原栖。剡原山水虽然好，孰为夫人慰累唏。箧中何物甲万卷，内史禊帖良绝奇。六诏祠宫香火近，展卷荐以秋江蓠。"说李清照在六诏右军祠中展开禊帖，献上江蓠，祭拜王羲之。

《剡川诗钞续编》中收录孙士伦的一首《寓夫人》，写的也是李清照寓居剡源一事："吾乡多寓介，亦有寓夫人。居士李易安，才名耀千春……无何老是乡，旋托剡水滨。右军禊字帖，携来碧璘珣。后归有力者，光芒射古鄞。"也应是依托袁桷、全祖望所记之事加以生发。袁桷和全祖望都是史学名家，他们的记录应该是有依据的。

至于其中提到的李清照在奉化六诏展开内史禊帖祭拜王羲之一事,恐怕是诗人的想象,并无实证。笔者猜度,李清照如果的确曾往奉化寻访王羲之遗踪,其中原因恐怕恰恰是因为这一时期自己沦落他乡,故土难归,其中的悲伤无处诉说,借此遣怀,并告慰王羲之,所带书画金石虽大部分在流离中散佚,所幸禊帖无恙。

根据《金石录后序》可知,李清照一路颠沛流离,所携文物沿途散落,没有明确说《定武禊帖》的散落情况,大约有两个原因:一是文物太多,无法一一列举;二是有不得已的苦衷。因为根据袁桷和全祖望的记录,《定武禊帖》拓本后来被史弥远收藏。

李清照逃亡明州之际,史弥远远未出生,其父史浩也要在十四年后才中进士进入仕途。史浩生前位极人臣,为昭勋阁二十四功臣之一,而且一直活到绍熙五年(1194)。史弥远出生于李清照流徙浙东三十多年以后,要玩收藏,恐怕也是其成年之后的事。作为一代佞臣,《定武禊帖》究竟是如何落到史弥远手中的,历史为我们留下了足够的想象空间。

鄞县史氏家族,为宋代显赫家族,有"一门三宰相,四世两封王,五尚书,七十二进士""满朝文武,半出史门""一朝紫衣贵,皆是四明人"之谚。史氏家族虽为当地望族,但在李清照南逃之际尚未形成气候。史浩之父史师仲只是一介处士,并于1124年早逝。建炎四年(1130)金人攻陷明州时,史浩不得不扶着祖父史诏逃难,一路上不惜自己受屈辱,使一家人避于海,免于难。七十四岁的祖父史诏,终因经不起战火的惊吓和奔波的劳累，回到家不久就去世了，史浩为之守孝三年。因财物尽为金人所掠，当时家境贫困，但史浩谢绝了叔父的接济。家中长子长孙的角色和生活中的种种磨难，养成了史浩有事能忍、处事多思的性格，也使他终有所成。

据浙大教授陶然考证，赵明诚有个姐姐，嫁给了一户史氏人家。虽然不知具体是谁，但从李清照寓居奉化之行迹，以及史家后来有赵、李所藏《武定禊帖》来看，这个姐姐很可能嫁到了这个史氏家族，并在李清照途经明州时，与其发生了某种关联。《定武禊帖》是否就是在这时流入史氏之手、以何种方式流入，其中也许有着更多不为人知的秘密。

但无论如何，《定武禊帖》出现在明州史氏家族中，也算间接为我们提供了一个李清照可能流寓奉化、寻访六诏的逻辑上的可能。而且根据其行程意图来看，笔者更倾向于认为，易安居士是在赴台州不遇的回程中，再次途经明州时前往奉化六诏寻访的。之前李清照紧紧追随圣驾，目的就是将尚未散失的古铜器献给朝廷，以消除"玉壶颁金"的谣言。加上当时战火蔓延，她应该是急赴急趋，不太可能心有旁骛。在她到了台州发现守官逃遁，进退茫然之际，或有可能在沿途滞留。

所以，李清照如果到过奉化，在时间上有可能就在《金石录后序》中所言"之剡"途中，或是再往后"从御舟海道之温，又之越"的途中。至少这两次从线路上来看是相符的。

现在我们也许能根据这些判断，来做这样一番想象：

建炎四年（1130）的春天依旧多雨，新发的草木遮蔽了战火蔓延的痕迹。通往晚香岭的山路泥泞不堪，荒芜的古道上零星点缀着几户人家。这条古道原本就地处偏僻，人烟稀少，经历战乱后更显冷清。

渐渐散去的雾气里，隐约出现一队车马。人与马看上去皆疲惫不堪。这些人操着本地人听不懂的官话打听着什么。费了好大的劲，村民们才知道他们的来意，将他们带到了村边一条蜿蜒溪流边的废墟前。

车上下来一位官宦人家内眷模样的中年妇人，虽然同样面带倦容，但举止娴雅、气度雍容，缓缓来到一幢废弃了的建筑前。眼前的这幢建筑，据说就是王右军位于六诏的别业，如今已破败不堪，但依稀还能看出当年的模样。虽不甚大，却构筑精雅。堂前尚有一口方塘，应该是当年右军磨墨洗砚的墨池。年长的村民告诉这位风尘仆仆的贵妇：说来奇怪，这口方塘虽然不大，池中之水却旱不涸、涝不盈，常年蓄着一泓清水。这位贵妇模样的人听后暗暗点头，缓缓吐出了心口的郁结之气。

刚刚经历了一场劫难，一行人惊魂未定。金人攻入明州后，战火已经烧到了奉化，整座县治经历了一场洗劫，六诏因地处偏远而得以保全。令人难过的是，南渡以来辗转奔逃，携带的大量文物几乎在战乱中散失殆尽。

眼下最需要做的，就是整理修订丈夫留下的《金石录》。虽然那些书画大都已经散失，但是，只要把它们记录下来，后世之人就能从中了解华夏文明的一脉源流。这也许是离乱年代能够告慰丈夫之灵的唯一方式了。

接下来，按照学者推断，李清照就在善良纯朴的村民的护卫下，暂居六诏休息。当然，也许事实并非如此，易安居士可能从未到过这个村落。也许，就连这个名为六诏的村庄也只是后人附会。但我宁愿相信，这一切都是真的。

我愿意相信：建炎四年（1130），一个躲藏在乱世之外的小小村落，曾经和中国历史上最具才情的伟大女性有过那么一小段温情的邂逅。流经村庄的一溪碧水，曾经照见她迫近中年、形容憔悴却仍不失风雅的容颜，环绕村庄的晚香岭的山风，因为一代才女的莅临而变得悱恻缠绵、余香不绝。

时光有幸，六诏有幸。

六诏寻访大川普济想起一句佛偈

公元五世纪传入的豆火,五百年后

已化为草木间的万千露珠。

你留在《五灯会元》里的偈子,

同样化身为千丈岩上的一匹白练。

面对民间的演绎,你总是含笑不应。

事实上,每个人身上都藏着一个波罗奈国的屠夫。

白亮的刀刃,有时朝向他人,

更多的时候砍向了自己。

都说众生皆有佛性,但谁又能真正放下妄想

和黯然销魂的离别之苦?

所谓无执,恐怕也只有落下千丈岩的溪水能够做到。

在经历了峭壁的切削、山石的磨砺

和两岸河床的挟持以及漫长的流淌之后,

终于,在遥远的出海口,

我从它消逝前用最后的力气

托举起的一丸落日中,

感受到了一尊佛涅槃时无言的垂暮之美。

诗外音：溪声原是屠心刀

一

去过奉化千丈岩的人都知道，瀑布上端的一边，立有一块石碑，上面刻着一句佛偈："放下屠刀，立地成佛。"二十多年前，我来到奉化，初游千丈岩，听导游讲有关"放下屠刀，立地成佛"的民间传说，才知道这个典故原来出自此地。感叹自己孤陋寡闻之余，总觉有些疑惑。这出自《五灯会元》的一条佛偈，不知道为什么在奉化的民间传说里居然被绘声绘色地演绎成了一段唐代真屠夫放下屠刀、飞升成佛的故事。

疑惑之余，遍查资料，倒也初步弄清了这句话的来源。在今天的语境中，这句话大多被当作譬喻来用，即"屠刀"广义上被解释为包括屠杀在内的一切言行之恶，而不仅仅是杀生刀刃。"立地成佛"指开始走上行善之路。但是，这句家喻户晓的俗语，最初还真是一句佛偈，而且其意义并不局限于人们通常的理解。

目前查到的资料显示，这句话源自禅宗经典《景德传灯录》卷二五《法安济慧禅师》中的"抛下操刀，便证阿罗汉果"。到了《续传灯录》和《五灯会元》中，则改成了"扬下屠刀，立地成佛"（"广额正是个杀人不眨眼底汉，扬下屠刀，立地成佛"）。而佛教里所谓的屠刀，并非手中有形的刀，而是我们对生死烦恼、五欲六尘的执着。

禅宗好谈立地成佛，这同慧能所传顿悟之法有关。最初这句佛偈强调的是内在修为。"屠刀"的本质就是人对自身的迷惑。人使自我痴迷,并痴迷了自我,因此人才是成佛的最后一道障碍。只有超脱了人,舍弃了人,不再是人,才能成佛。而放下即能立地成佛,秉承的则是禅宗顿悟法门,指成佛之迅速。只要能放下,如同佛一般的仁慈大爱就会在我们的生命中生成。这一番既简单又深奥的道理就浓缩在"立地"二字上。

巧的是,编纂整理《五灯会元》的南宋禅宗临济宗杨岐派僧人大川普济,也是明州奉化人。而且他生活的时代距离这个民间传说滥觞之时并不遥远,想必他对这句佛偈的民间演绎了然于心,至少应该知道其中的讹传之处,却对此不置一词,不知是什么原因。

之后的二十余年里,我又陆陆续续陪一些友人去过千丈岩几次,每逢朋友询问,也只是以民间故事和典籍中的记载相告。正所谓知其然,不知其所以然也。

去年底,在甬城开会期间,碰见奉化区一位文化界的领导,闲谈间聊起有关奉化的人文掌故,又谈到这件事。这位领导说,他第一次听说时,也很吃惊,没想到这句著名的佛偈竟然出自奉化,还在千丈岩。这位领导也很感慨,奉化历史文化积淀的确深厚,希望有关方面能够认真发掘和宣传。遗憾的是,我来奉化时间比较短,虽然也时常翻阅相关的地方史志,但文史工作非我专长,只能用自己有限的笔墨勉为其难。

二

对于大多数人来说,大川普济是个陌生的名字。

在奉化工作期间，我曾多次来到六诏，寻访包括大川普济在内的一些历史名人的踪迹。然而迎接我的，只有笼罩在剡溪上的一川烟雨。路逢拾级而上的荷锄老者以及涉水而下的渔父，问其可知"放下屠刀，立地成佛"这句偈子，皆卸锄收罾，欣欣然作答。然而当问及大川普济时，则一脸茫然。即使在现存的六诏自然村曹家田张氏一族的宗谱中，也找不到任何记载，让人怅然若失。"春山叠乱青，春水漾虚碧。大解脱门开，把手拽不入。"站在六诏村边的拱桥上，看着桥下的溪水，我的心情与初入妙胜禅院山门时的普济禅师约略相同。

再查资料，个中缘由才稍稍厘清。原来，元至正年间（1341—1368），六诏一带曾发生过一次大规模的匪患，村民们或被杀或逃往外地，导致村毁人散。村子再次重建已是18世纪初。也就是说现在的六诏村民，其祖上多是清朝时才迁入六诏繁衍生息的。这也许就是村民对这位作为"原住民"的乡贤大德不甚了解的原因了。

如今，在奉化一代，围绕这句佛偈演绎出的民间故事仍广为流传，作为本土乡贤的大川普济却鲜有人知。当然这并不影响普济作为一代宗师的佛学地位。除了《五灯会元》二十卷，尚有《灵隐大川普济禅师语录》一卷，收入《续藏经》。此外，有关禅师的一些生平事迹，我们也能从大书法家赵孟𫖯书的《灵隐大川普济禅师塔铭》中获取。

《灵隐大川普济禅师塔铭》对普济禅师的出身有明确记载："师名普济，大川其自号。四明奉化六诏张氏子。父友崇，母俞氏。有善操……"该塔铭由普济禅师的弟子、灵隐寺住持通慧禅师亲自撰稿，当为可信。

塔铭中还详细记录了普济禅师一生的行状和传法特点。禅师十九岁时在香林院受文宪法师剃度而入佛门，初游本郡湖心、赤城诸禅院，遍历无用、佛照、浙翁、松源、肯堂诸老之门。宁宗嘉定十年（1217），住庆元府妙胜禅院，后历住岳林、报恩、大慈、天章、净慈、灵隐诸寺，其间八迁法席，终成一代高僧。

塔铭载："师孤硬趣操，严冷面目。其当机妙转，珠不容触。临事定见，山犹可拔。"一位严厉又不失法度的高僧面目跃然纸上。由记录可见，普济善用"棒喝"的方式传法，这也符合临济宗一脉相承、一以贯之的做法。临济宗上承曹溪六祖慧能，历南岳怀让、马祖道一、百丈怀海、黄檗希运的禅法，以其机锋凌厉、棒喝峻烈的禅风闻名于世。作为临济宗杨岐派的高僧，普济大师秉承的正是临济禅风。

杨岐派为临济宗之支派，为禅宗"五家七宗"之一，又称杨岐宗。以临济宗第七世石霜楚圆之弟子杨岐方会为开祖。杨岐一派，兼临济正宗，坚持慧能禅法"直指人心，见性成佛"的宗旨，强调成佛总要自身体验，如实领悟，佛法无处不在，不必寻觅。传法则采用多变的机语来诱导学人，使其禅法浑无圭角，圆融会通。这一点，在普济禅师的语录里也得以体现。

三

随着普济禅师整理编纂的《五灯会元》的快速传播，"放下屠刀，立地成佛"这句以中国佛教为背景、以汉地撰述文献为佐释的佛偈，被广泛用在非佛教的语境中，完全变成一句劝人改过自新、弃恶从善的俗谚，与真正的成佛理论却渐行渐远。

笔者不是佛教徒，研读塔铭、考证普济禅师行状的目的并不在于追寻普济禅师一生的事迹，重温佛法典故，而是探寻文化的功用与传承之间的关系。有时候，我们不得不承认，一生皓首穷经的意义，确实不如一句佛偈来得直接。

一句"放下屠刀，立地成佛"，其分量绝对无法和皇皇二十卷的《五灯会元》相较。即便这句佛偈并未流传，也并不影响普济作为一代高僧的地位。但是，从另一个角度讲，这句从佛教理论转化而来的俗谚，在历史长河和我们的民族文化中发挥的作用，也许并不比一部《五灯会元》少。至少，对于我来说，最初关注到普济禅师，恰恰源自这句佛偈。

由普济禅师想到本土的另一位高僧契此，即民间所谓的"布袋和尚"。在普济的时代，契此和尚尚未被赋予今天这样尊崇的地位，其事迹最早见于北宋时期赞宁法师的《宋高僧传》卷二十一，文中用简洁的语言记载，没有过分夸其神通之处。北宋道原法师在江浙民间搜集到更多的资料，写成《景德传灯录》，有关布袋和尚的内容和语录在卷二十七。

而后，普济禅师编撰的《五灯会元》卷二有布袋和尚的相关记载，相较于《景德传灯录》，增加了几首偈子。布袋和尚辞世偈云："弥勒真弥勒，分身千百亿。时时示时人，时人自不识。"世人据此明了他就是弥勒化身。

不管怎么说，彼时布袋和尚在多数人眼中也只是一位高僧，他自己开示的弥勒转世的身份并未得到广泛认同，正如契此所言"时人自不识"。事实上，布袋和尚契此除了几首佛偈之外，一生并无著述传世。但其行状却广为人知，并在民间不断发酵演变，最终成佛。其地位之所以能在后世不断被抬高，最重要的一点，是他一生的行状正应了他的法名，即"上契诸佛之理，下契众生之机"。

在今天，一个无可争议的事实是，很少有人愿意反复翻阅《五灯会元》等佛典，普济禅师也已鲜为人知。但布袋和尚却早已成佛，成为弥勒化身。由此可见，再宏博深广的教义，如果不能根植于最广大的民间，就无法深入人心，传之久远。

作为一名诗歌爱好者，相比于对历史典故的考证，我更感兴趣的是对历史现场的探究。当我来到千丈岩，再一次盯着这条飞泻而下的激流时，忽然有了新发现：这其实就是一把屠刀，时间的屠刀。所谓放下，从来不是一个一蹴而就的过程，而是矢志不移的坚持。不仅要抵御外部的欲望贪念，还要摒除内部的痴迷疑惑。所谓立地，真正的意旨是要踏踏实实地立在信德的大地上，唯其如此，才能够不断地自我完善，向着生命净化、提升、再造、质变的境界稳步升华。这也许就是这句佛偈镌刻于千丈岩瀑布崖壁的真正用意吧！

当它从悬崖顶端急速下坠时，一条温婉的溪流，瞬间变身为一把明晃晃的利器，闪耀着白亮的锋芒，劈山斩石，锐不可当。当它跌落悬崖，冲出山涧，逐渐放低身段，已是静水流深。山峰被它砍出一道缺口，地面被它冲出一条裂隙。这条游走在大地上的河流，已不只是一把空间意义上的刀斧，更是时间意义上的锋刃，一路上不断切削着风云变幻、世事红尘。两岸村庄数千年的隐没展复，人世间的悲欢离合，最终都变成水面上的几点或隐或显的星光灯火。

而当它最终汇入更大的江流，在遥远的出海口平缓出世，被它承载的人间景象，仿佛一位功德圆满的高僧，迎来了最终的涅槃，江面静穆滂沱，落日法相庄严。而这也正是这则佛偈在大地之上、在人间最自然最生动的一次阐释。

17. 最后的诗

暮色照临

我习惯在晚饭后散步,这样,
抵达惠政桥时,落霞恰好铺满江面。
建筑、树木、店铺,组成街景的两岸似乎静止,
但和百年之前已完全不同。
江水一直在动,却始终保持着不变的姿态。
我觉得,这变
和不变之间,肯定
有一个更高的法则。
在这座小城的两端,
分别伫立着两座塔,仿佛
伸向天空的两支笔,貌似
平静的书写,其实都是白云苍狗,时空的
变幻历历在目。
然而,多少年来,落日却总是准时
把寺院的钟声凝固在江面上,
在世界进入黑暗的时刻,保持着从容、静穆的气度。

诗外音：落日总是准时把钟声凝固在江面上

惠政桥是奉化的标志性建筑。刚到奉化时，我应邀去三味书店参加奉化作家协会每月一次的文学沙龙，第一次见到了它。这是一组仿古式建筑，横跨在县江上。去时恰逢日落，夕光斜照，铺满了县江水面，也把惠政桥晕染得流光溢彩，看上去的确很美。当时便动了想为它写一首诗的念头。但究竟写点什么，一时竟无从下笔。

初来奉化，单位在岳林东路，距离惠政桥不远。每天傍晚吃完晚饭，我便有意识地走到县江边，然后沿着县江边走到惠政桥，小伫一会儿，再穿过桥面，从另一侧散步回寝室。

每次站在桥上，俯视桥下的流水以及江岸两边的店铺，我总是无端想起卞之琳的那首名叫《断章》的小诗。那首诗似乎什么都没说，又似乎什么都说了。每次我想到一个自觉还好的切入方式，觉得一首诗有了着落，但下笔时，总觉得还是没有绕开这首短诗的气场。最后只好继续站在桥上，凝视落日一点一点隐入水下。

奉化作家协会的文学沙龙每月举办一次，地点固定在惠政桥畔的三味书店二楼。后来尽管住得远了，但因为要参加沙龙活动，每月至少会有一次路过惠政桥的机会，每次留下匆匆一瞥。时间一晃过去了好几年。去年的一次，沙龙结束后，经过惠政桥时，我忽然发现，两岸的风景似乎发生了变化。仔细一想，可不是，上次来时尚是初夏，中间我因请假，错过两次沙龙，这会儿惠政桥边已是"阶前梧叶已秋声"了。我忽然意识到，应该用一双时间之眼来观察它。我应该从一个更远的角度去打量几乎让我们熟视无睹的事物。我要写出时间和空间中的变化，也要从变化中找到那些永恒不变的东西。

"夫天地者，万物之逆旅也；光阴者，百代之过客也。"一千多年前，一代诗仙"仗剑去国，辞亲远游"来到安陆，与兄弟们在春夜宴饮时发出了这样的浩叹。年轻的天才诗人发现了时间流逝的秘密，并且以酒和诗对抗人生的短暂。

那么，对于一条江，对于江上的一座桥，对于一座城市，对于我们驳杂、庞大的当下生活，究竟哪些是过眼云烟，哪些是需要我们从内心恪守的恒定法则呢？

当我爬上位于小城两端的南山和甬山；当我抚摸瑞丰塔和寿丰塔渐趋风化的砖体，仰望它们插入天空的塔尖；当我眺望更远处的落日归鸿，凝望一条河流的来处与走向；当我发现无论时间怎么变幻，落日总是准时把寺院的钟声凝固在江面上……我想，或许我也能够找到属于自己的答案。

跋

诗、史及文学的真相

一

这部作品是我近年来在浙东一代生活和行走的记录。

大约六年前,我从象山港南岸辗转来到北岸。工作的地方是一座颇具特色的历史文化小城。但相对于城区生活,我更喜欢穿境而过的一条清亮溪水。这条曲折回旋的河流,和邻县相对有名的那条剡溪同名,而且同源。它们都发源于一个名叫剡界岭的地方,只不过一开始就各奔东西了。

业余时间,我时常沿着这条溪水行走,并以此为中心,逐渐扩大漫游地域。慢慢发现,除了清丽山水,这条溪流中的人文元素亦十分可观,于是萌生了为其写点东西的想法。

作为一名诗歌写作者,我最初的想法还是试图将沿途的感受转化成诗行,但是在写作中发现,单纯的诗歌并不能完全呈现出我对这条河流及其流经疆域面貌的理解。于是我开始尝试以"诗歌＋随笔"的方式来表达。几年下来，就有了这部集子。

正如读者看到的，本书最大的特色是用了"诗歌"加"诗外音"的形式，围绕剡溪文化带展开一段有关浙东山水风物和人文历史的诗意之旅。这既是我本人出于写作策略的考虑，也是一种文体上的探索。写作初衷是为读者提供一部个性化解读剡溪文化带及浙东文化的文学文本。

其中的诗歌作品，我的本意是置身于历史和现实的时间现场，从浙东的一时一地出发，通过对富有意味的细节的捕捉，探究诗歌生发、呈现诗意的种种可能。而与之呼应的"诗外音"，则通过查阅大量翔实的史料并结合个人的思考，对这些诗意细节背后的历史情况进行解读。也就是说，其中的诗歌部分，主要是我根据在现场提取的丰富细节创作而成，而"诗外音"部分，既包含了对诗歌中涉及的历史文化掌故的介绍，也包含了对诗歌创作意图的介绍，还有对诗歌内涵的解读与阐发，尽量让读者通过诗文互读的方式，来了解诗歌本身及其背后的历史文化内涵。

整本书则力图通过一个一个具有代表性的浙东文化符号，勾画出剡溪作为"唐诗之路"和浙东历史文化带重要载体的基本面貌，探求其历史文化脉络走向和价值，也能在一定程度上折射出浙东当下社会生活的激滟波光。

限于时间和精力，这条文化带上的很多有价值和意义的文化元素尚未诉诸笔墨，只能留待以后弥补。

二

旧年最后一晚深夜,我在键盘上敲出了《六诏遗墨》的最后一行字,这意味着这本《山河遗墨》也随之画上了句号。文本的杀青,带给我短暂的如释重负的轻松,但随即又被随之而来的忐忑替代。

在奉工作的这几年,除了日常的工作和创作,我也断断续续读了当地的一些史志资料,也慢慢将目光聚焦到了我感兴趣的人文掌故方面。那些多次或偶尔出现在奉化版图上的人物,他们真的来过奉化吗?为什么要来?他们在奉化做过什么又留下了什么?我们今天看到的这些史志文献资料,是否真实记录了他们的行状、意图?

理智告诉我,那些留在纸上的,很多都只是无限接近史实,但并非史实。而我要做的,无非是从那些或有限或繁复的文字记载里披沙拣金,斟酌比对,以期拼凑出一个自己认可的"史实"。而这些,还必须辅之以实地考察和反复的印证,才可能接近所谓的"真相"。

就这样,一边查阅文史资料,一边利用业余时间去实地寻访,把脚印再次压在他们可能走过的荒村古道之间,几年下来,总算有了大致的印象和些许收获。特别是旧年岁末,还抽空去了嵊州金庭和新昌沃洲山,加上之前多次寻访过的剡源六诏一带,几番寻访梳理,头脑里终于对王羲之等人的归隐踪迹有了一个属于自己的判断。

我不敢说我的判断一定准确,但这的确是我基于对史料的梳理和实地寻访综合所得。至少,它相对接近我心目中的"真实"，也廓清了之前遇到的一些疑惑。在查阅资料时，发现一些既成的说法有着明显的错漏，却普遍存在于各类文章中。网络时代，很多写手在引述资料时，既不查证相关文献，也不实地寻访，导致人云亦云、以讹传讹。

宋神宗元丰七年（1084），一代文豪苏子瞻因长子迈赴饶州就任德兴尉，送其至湖口，趁暮夜月明之际，以小舟行绝壁之下，亲自前往石钟山探究。彼时恰逢大潮涌起，其声发于水上，有噌吰声和窾坎镗鞳之声，终于弄清楚了石钟山得名的由来。由此感慨："事不目见耳闻，而臆断其有无，可乎？"

今天看来，苏轼的推论也许并不符合事实，但他通过考量史实和亲自查证，得出了自认为"正确"的结论，也因此成就了《石钟山记》一文的高度。

由此引出我在写作这些诗文时一直在想的一个问题：文与史，究竟是怎样的一种关系？它们之间的价值取向有没有相互制衡下的一致性？就像我在另一篇有关海上丝绸之路的创作中提到的有关史实、细节与想象的关系。在史料散佚，历史真相已注定不为人知的情况下，我们起笔为文的探究究竟有没有意义？

答案是肯定的。我们依据遗存于史书里的只言片语和时光角落里的吉光片羽反复推敲斟酌，并且在合理的虚构中抵达某种真实，尽管不一定是历史真相，但一定符合常情、常理，符合我们对那些未知事物的认知。文学，其实追求的就是一种内心认知的真实，并通过追求认知真实建立起对已逝世界和未知世界的信赖。